文庫

三千枚の金貨（上）

宮本　輝

光 文 社

目次

三千枚の金貨　上

第一章

桜の満開の時分にそこに立つと、背後から昇ってきた日の出によって長く伸びた自分の影が、正面の低い山の麓にあるたった一本きりの桜の木を覆う。

そこから桜までの距離は約七百メートル。あいだには滅多に車の通らない県道と畑と田圃しかない。

溜息をついて呆然と見惚れるほどに美しい花を咲かせるその桜の木の根元にメイプルリーフ金貨を埋めた。¼オンス、½オンス、1オンス、合わせて三千枚。

¼オンス金貨が千枚ほど。½オンス金貨は七百枚弱。残りは1オンス金貨だ。

盗んだものでもないし、何かいわく付きのものでもない。みんな自分が自分の金でこつこつと買い集めたのだ。

場所は和歌山県。みつけたら、あんたにあげるよ。

男はそう言って、あとは黙り込んでしまった。

パキスタン航空機でカラチ空港から成田空港に着き、成田エクスプレスで東京駅まで出ると、斉木光生《さいきみつお》はとりあえず無事に帰国した姿を間宮健之介《まみやけんのすけ》に見せておこうと思いタクシーに乗ったが、気が変わって、行先を千駄ヶ谷《せんだがや》から銀座に変更した。

五年間、まったく思い出しもしなかった男の話が、長い旅の最中《さなか》にしょっちゅう甦り、あの病院の五階の、そこだけ喫煙が許されている廊下の隅の談話室での情景を、実際の記憶よりも鮮明な細部を伴った夢にまで見たのだ。

それも一度や二度ではなかったので、斉木光生は、これは只事ではないなと思うようになった。

光生は占いの類を信じたことは一度もない。げんをかつぐということもないし、仏滅だの大安だのといったものも意に介さない。

夢などというものは、脳味噌の襞《ひだ》にへばりついていた記憶や妄想のかけらが、ときにふたつ、場合によっては三つか四つ、無関係に重なり合ってうごめいただけなのだと思っている。

だからこそ余計に、あの男の夢を二週間の旅で少なくとも十回は見たことが気味悪かっ

光生は、沙都《さと》ならあの男について多少の情報を持っているのではないかと思った。

室井《むろい》沙都は、いまは銀座で小さなショット・バーを営んでいるが、五年前はあの病院で看護師をしていた。「MUROY」というバーは、沙都の十歳も歳の離れた姉がオーナーだったのだが、三年前に三十七歳の若さで死に、沙都が看護師を辞めて跡を継いだのだ。

店は六十歳の桑田信造《くわたしんぞう》というバーテンと沙都のふたりで切り盛りしている。

沙都の姉の時代からの客は、銀座に店を持つ商店経営者たちや、出版社関係の者が多く、それは沙都に代わってからも変化がなかった。

いわゆる質のいい客に恵まれていて、それは二十代前半からバーテンの修業をつんだ桑田信造の技量と人柄に負うところが大きかったが、沙都の素人っぽいがでしゃばらない立ち居振舞いと、間宮健之介の陳腐な表現を借りれば「謎めいたエキゾチズム」を愛でる客が多いせいでもあった。

「こんなに暑い夏は、あたしゃあ初めてですよ」

料金を払うときタクシーの運転手が言った。光生も、暑いねェと応じ返してタクシーから降りたが、

「カラチの暑さと比べたら、たいしたことはねえよ」

と胸のなかで言い、一階には外国製の磁器を売る店があるビルのエレベーターに乗った。三階の「ＭＵＲＯＹ」の前に立って斉木光生は大きなリュックサックをかつぎ直しながら腕時計を見た。五時を少し廻っていた。

桑田は来ているだろうが、沙都はまだだろうなと思いながらドアをあけると、沙都が長いゴム手袋をはめてトイレの掃除をしていた。

「うわァ、生きて帰って来たのね」

沙都は、ゴム手袋をはめた両手をうしろに廻し、頬だけを近づけながら言った。

「うん、半分死んでるけどね」

日本を出てから一度も髯を剃らなかった頬を軽く沙都のそれに合わせ、

「ダイキリを丼鉢で」

と桑田に言って、光生はリュックサックを降ろした。

「私の名前のところは、どうだった？」

「まさに沙《すな》の都だったね。無限の荒涼がつづく都だ」

「無限の荒涼ではあっても、都は都なのね」

「……うん、俺には、いろんなものがさまよってる絢爛《けんらん》たる都に見えたね」

光生はカウンターの端の椅子に腰かけ、「ＭＵＲＯＹ」の電話を借りた。妻の佑子《ゆうこ》はどこかに出かけていて留守番電話になっていた。

さっき無事に成田に帰り着いた。ちょっと社に顔を出してから家に帰る。今夜はトンカツにしてくれ。とびきり上等の豚のヒレ肉を頼む。

留守番電話にそう吹き込んで受話器を置くと、桑田が大きなカクテルグラスを斉木の前に運んで来て、シェーカーからダイキリを注いだ。

「うちにはダイキリに合う丼鉢がないんです。ご不満でしょうがパパ・ダイキリで」

桑田の微笑みに、

「いやだねェ、ヘミングウェイの真似なんて」

と言い返しながら、光生は口から迎えるようにしてダイキリを音をたててすすった。

「私、外国から帰って来た日は、断固、天麩羅なの」

トイレの掃除を終えた沙都は厚いカーテンで仕切られた小部屋で仕事用の服に着替えてカウンターのなかに出て来ると、そう言った。

その畳一畳ほどの小部屋は、桑田の喫煙室も兼ねていて、壁には大きな換気扇が取り付けてある。

「私は絶対に湯豆腐ですね。夏でも湯豆腐。ネギを細かく刻んで、そこに鰹節を入れて、醤油をたっぷりかけて、ひと煮立ちさせるんです。それを蕎麦猪口《そばちょこ》に入れて、湯豆腐の入ってる土鍋の真ん中に置きます。湯豆腐を煮てる昆布だしの利いただし汁で好みの味に薄めて、そこに湯豆腐をつけて食べるんです」

桑田の言葉に、それと同じ湯豆腐を食べたくなったが、三日前、イスラマバードで痛みだした部分の痛みがふいに烈しくなって、光生は尻を椅子から浮かせた。

他人にはあまり明かしたくはなかったが、客は自分ひとりだけだし、沙都は三年前まで都内の大病院の正看護師だったのだからと思い、

「俺、この旅で、どうも痔ってやつにかかったみたいなんだ。痛くて痛くて、カラチからの飛行機のなかで、つらかったのなんのって……」

そう光生が言うと、

「痔？　お尻にできる痔？」

沙都は訊き返し、それならダイキリなんか飲んではいけないと言った。

「たぶん、これが痔というやつじゃないかと思うんだ。俺はいままで痔ってやつとは無縁だったからね」

「指でさわるとか、鏡に映して見てみた？」

「うん、ときどき。でも、そもそも痔とはいかなるものかっていう体験による知識がないから」

「血は出る？」

「出ない」

「肛門にぴょこんと突き出たものがある？」

元看護師にグラスを取りあげられてしまわないうちにと、光生はカクテルグラスを両手で持ってダイキリを飲んだ。

「いや、べつに突起物のようなものもないんだ。指でさわって調べてると、どうも肛門が痛いんじゃなくて、その周りが痛むって感じなんだよね」

謎めいたエキゾチズムを持つ二十九歳の女の口から何のためらいもなく肛門という言葉が出るとは、さすがは元正看護師、と感心しながら光生が思った途端、

「塚口肛門科って医院があるから、すぐにそこで診てもらったほうがいいわ。いまから電話するから」

「いま？　ちょっと待ってくれよ。俺は長い砂漠の旅から日本に帰って来たばっかりなんだぜ。一日か二日、ちょっと様子を見てから……」

「それ、たぶん痔瘻《じろう》よ。正しくは肛門周囲膿瘍。下手をしたら命にかかわるわよ」

「おどかすなよ。それって、癌の一種なの？」

「癌じゃないわ」

沙都は首を横に振りながら微笑み、

「患部を見ればわかるんだけど、私に見せるの、いやでしょう?」

と言った。

「見たい?」

光生の言葉に、沙都は少し目元を赤らめて笑い、

「塚口先生に電話するから待ってて。病院はここからタクシーで十分くらいのとこだから」

と言って受話器を持った。

「ちょっと待ってくれよ」

「だって斉木さん、熱があるんだもん。さっき、お帰りなさいの頬ずりをしたとき、あっ、熱があるって思ったの」

俺に熱があるだって? 光生はそう思いながら掌を自分の額にあてがった。日中の平均気温が摂氏四十三度という地域を二週間もさまよってきたのだから、その余熱が体にこもっているのであろうと思っていたが、上手に空調管理された静かな居心地のいいバーに坐ってみると、確かに体温は高いようだった。

沙都が塚口という医師と話し始めたとき、桑田がぶあつい本を開いて、

「ああ、これですね」

と言いながら、光生に見せた。「肛門周囲膿瘍（痔瘻）」という項があった。

――肛門腺に細菌が感染する病気。肛門内の歯状線という部位には、肛門腺という粘液を出す腺が、十四〜十六個、輪を描くようにして並んでいます。この肛門腺の出口はややすぼんでいて（肛門小窩《しょうか》）、細菌が侵入しやすい部位です。肛門腺は、肛門の開閉をつかさどる筋肉の一つである内括約筋の奥にまで入りこんで存在するために、ここに細菌が侵入して感染をおこすと、ふつうの皮膚にできる化膿とは異なり、内括約筋と外括約筋の間に膿《うみ》がたまって池のようになります（筋間膿瘍）。この膿は、肛門の組織のすきまなどの弱い部分を伝わって広がっていきます。この状態を肛門周囲膿瘍といいます。――

そこまで読んでから、光生は顔をあげて視線を桑田に移し、

「なんでこのバー・MUROYにだなァ、こんな医学書が常備してあるんです？」

と訊き、再び細かい文字を読んだ。

――肛門周囲膿瘍が、肛門の外側に腫れあがってきて自然に破れたり、切開したりすると、池に水門をつくって水を流したのと同じように、筋間にたまっていた膿が、組織のすきまなどを伝わって排出され、そのあとにトンネル状の瘻管が残ります。これを痔瘻といいます。初め、肛門周囲膿瘍ができ、そのあとに痔瘻が発生するわけで、この二つは親子

の関係にあるのです。――

光生は、治療は必ず手術が必要だというところまで読むと、

「親子の関係……」

とつぶやきながら、電話を切って光生を見ている沙都に言った。

「薬を服《の》んだり塗ったりして、はい治りましたっていう簡単な病気じゃないんだなァ」

カウンターの奥から出て来た沙都は、光生のリュックサックをかつぎ、重さによろめきながら、

「七時から別の患者さんの手術があるから、いますぐ来てくれって……」

と言った。

「いや、俺、家に帰るよ。その、つまりだなァ、心構えができてないんだよ。見も知らない人に自分の尻の穴を見せるなんて、そのための心構えなしではだなァ……」

「私が塚口医院の受付までついてってあげる。私はすぐに店に帰るけど、処置が終わったら電話を頂戴」

有無を言わせないといった表情で沙都は光生の腕をつかんだ。

「肛門の病気は肛門科。これは鉄則なの。餅は餅屋ってことね。普通の外科に行ったら、完治に一ヵ月はかかるけど、塚口先生は、痔瘻にかけては日本では屈指の名医なの」

それから沙都は、自分はあした三十歳になるのだと、はしゃいだ口調で言った。

「私、早く三十歳になりたかったの」

「俺、いまから手術を受けるの？」

「いま私は、私の誕生日の話をしてるのよ」

「なんか気のせいじゃなくて、凄く痛くなってきたよ」

「ダイキリなんか飲むからよ。アルコールは駄目だって言ったのに」

「イスラムの国はなぁ、豚肉とアルコールは御法度なんだよ。だから、日本に帰ったら、うまい酒を飲んで、それからトンカツを食おうって、それだけが楽しみで帰って来たんだ」

タクシーのなかで妙にちぐはぐな会話を交わしているうちに塚口肛門科の前に着いた。

室井沙都は、患者がひとりもいない待合室に入って行き、ホテルのフロントに置いてあるようなベルを鳴らした。

若い女の事務員が差し出した用紙に、斉木光生が氏名や住所や生年月日を記入しているうちに、沙都は待たせてあったタクシーで店に帰って行った。

光生よりも少し年長の、四十五、六歳かと思える塚口医師は、小さな聞き取りにくい声で、ベッドに横向きになるよう促し、

「あのう、ズボンと下着も降ろして下さい」

と言い、細いガラス管のようなものを光生の肛門に入れた。

「ああ、穴があいてますね。痔瘻ですね。でも穴は外のほうに道を作ってます。よかったですね」

斉木はその意味がわからず、首をねじって塚口医師を見やった。

「痔瘻の穴は、つまり蟻の巣を想像していただくとわかりやすいんです。蟻の巣の通路は何本もありますでしょう？　そういう痔瘻もあるんです。斉木さんのは一本道でしょうね、ええ、そう思います。穴が腸のほうへと進んでしまったら、もううちの病院では処置できません。開腹手術をしなければいけませんからね。でも斉木さんの穴は、外のほうへ向かって延びてます。外というのは、つまりこっちの方向です」

塚口医師は、壁に貼ってある肛門の巨大な断面図のようなものを指差した。そして、斉木さんの場合は、おそらくこのあたりから膿が出ることになるだろうと、断面図の肛門のすぐ近くを指でなぞった。

いつ診察室に入って来たのか、光生とおない歳くらいの看護師が立っていた。

「うちは健康保険がききません」

塚口医師は悠長すぎるほどにゆっくりとした口調で言い、その理由を丁寧に説明した。

完治するまでの治療費は、順調に治れば、およそ七、八万円だった。

「それでよろしいでしょうか？」

「結構です。やってください。保険がきかないって言われたときは、何十万円もかかるのかなって、ちょっとびびりましたけど」

「じゃあ、きょうはまず排膿のための処置をします。膿を患部に溜めたまま手術はできませんので」

そう言って、塚口医師は薄いゴム手袋をはめながら、看護師に何か指示を出した。そしてタオルケットをめくった。

もう俎板の鯉だ。恥かしいもへったくれもあるか。

光生は胸のなかで自分にそう言い聞かせ、背後で行なわれていることに聞き耳をたてた。

「麻酔をします。ちょっとチクッとします」

言われて光生は身構えたが、何かがそこに触れたという感触しかなかった。

「二週間、中国のタクラマカン砂漠の周辺をオンボロのマイクロバスでさまよって、それからカラコルム山脈の千尋《せんじん》の谷底の縁のがたがた道を揺られて、かつてのガンダーラ地方に入って、やっとイスラマバードに辿り着いて、その夜に痛みだしたんです。原因は旅のあいだずっとつづいた下痢と悪路でしょうか」

腫れている部分にメスが入ったらしいのを感じながら、光生は訊いた。

「発症は少なくとも半年前ですね。たった二週間で細菌が肛門の壁に直径一ミリくらいの穴を貫通させたりはしませんよ」

処置は十五分ほどで終わった。ほとんど痛みは感じなかった。

塚口医師は看護師に光生の熱をはかるよう指示して、

「いまは膿はあまり出ませんね。これから出て来ます。ああ、それから、今夜あたりから熱が高くなるかもしれません。いまから抗生物質の点滴をします」

と言った。

「斉木さんは運がいいですよ。とても運がいい。いや、とてももとてももって三回でも四回でも、とてもをつけなきゃいかんくらい運がいいです。二週間の旅のほとんど最後あたりで痛みだしたわけですから。これがカラコルム山脈のどこかで始まってたら、下手をしたら敗血症で死んでたかもしれません。沙都さんはさすがに優秀な元看護師だなァ。斉木さんの話だけで、これは痔瘻だって判断したんですからねぇ。患部も見ないで」

熱は三十七度八分だった。やっとベッドにあお向けになって、点滴液の入ったビニール袋を見つめながら、光生は「ＭＵＲＯＹ」にはよく行くのかと塚口医師に訊いた。

「月に一、二回ですね。それも土曜日の夜だけです」と塚口医師は言い、いまはまだ麻酔が効いているし、痛み止めの坐薬も挿入してあるが、また痛み出したら、この薬を服んでくれと二種類の薬を見せた。

「排膿が始まりますと下着が汚れます。ガーゼを絆創膏で貼るんですが、お仕事をなさってると外れやすいので、そんなときは生理用ナプキンがいちばんいいんです」

「生理用ナプキン?」

光生は思わず大声で訊き直した。

「奥さんはいらっしゃいますよね」

「います」

「お幾つですか?」

「私より二つ下ですから、四十一です。娘は十四歳です」

「そしたら、どちらかのをお借りするんですね」

万一、三十九度以上の熱が出たら、これを服んでくれと言って、塚口医師はカプセル剤を見せると、カーテンで仕切られている隣の診療台のほうに姿を消した。

薬を貰い診察代を払うと、事務員は、あしたのいまごろまた来るようにと言った。

「生理用ナプキン……。まさか中学三年生の娘のを拝借するわけにはいかんよなァ……」

塚口肛門科から出て、そうつぶやきながら歩きだした光生は、いったいここが銀座のどのあたりなのかわからなくなってしまった。

リュックサックは十五キロ近くあり、タクシーから降りてバー・ＭＵＲＯＹのビルに入って行くときはさほど感じなかったのに、いまはこれをかついで歩くことなど到底できないと思うほどに体がだるかった。

「なんだ、ほとんど日本橋に近いんだな」

光生はそうつぶやき、世田谷の千歳船橋に帰るには、どこから地下鉄に乗ればいいのかを考えた。

排膿のためにメスを入れたばかりの患部には何の感触もなかったが、かえってそのせいなのか、膿がとめどなく溢れ出ているような気がして、それが下着だけでなく白いコットンパンツまでを汚しているような不安を感じた。

「駄目だ、歩けないよ。精神的に歩行困難だな」

ひとりごとを言って、光生はタクシーを停め、行き先を告げて、恐る恐る座席に坐り、自分は社に顔を出してから家に帰るつもりだったのに、なぜバー・ＭＵＲＯＹに行ったのかと考えた。

あの奇妙な病人のことを沙都が覚えてはいないかと考えて、ＭＵＲＯＹに行ったのだと思い出し、光生は心のなかでどうかしてるぜと自分に言った。

たったあれだけの話で、和歌山県で一本の桜の木を捜しだせるはずはあるまい。和歌山県にいったい何本の桜の木があるのか。まったく雲をつかむような話だ。それに、あの男の言葉が真実だという保証などない。まともな人間なら、百人が百人、一笑に付すだろう。

夜中に眠れなくて、病棟の長い廊下の奥にある、そこだけ喫煙を許可された談話室にいたら、同じような男がやって来て、所在なげに小窓から夜空を見つめながら煙草を吸い始めた。それで、夏の夜に怪談話をするかのようにからかってみた……。

自分はあのときもそんなふうにしか考えず、曖昧な受け答えをしてすぐに男に背を向けて夜空に視線を移したのだ。

五年前、大腸にみつかった直径七ミリのポリープを除去するために入院し、あの夜は大量に服まされた下剤のお陰で朝の五時まで眠れなかった。退院したのはあの夜から二日後の夕方だ……。

そんなことを考えているうちに、光生は少しまどろんだ。気がつくと、

「千歳船橋の駅ですが、ここからどっちの方向ですか？」

とタクシーの運転手が訊いた。

光生は家までの道順を教えながら、間違いなく熱が高くなっているのを感じた。

二週間ぶりに夫を見た妻の佑子は、あらァと声をあげて顔をしかめ、

「どこか悪いんじゃない？　完全に病人の顔よ」

と言いながら、重いリュックサックを持ってリビングへ行った。

光生は、体を斜めに傾けながら、ゆっくりと長いソファに腰を降ろし、

「病院に寄って、手術をしてから、帰って来たんだ」

と言って、塚口肛門科と印刷された薬袋を見せ、あらましを説明した。すぐに病院に行けと強く勧めたのが銀座のショット・バーの女主人だということは隠して、それを社長の間宮健之介に置き替えた。

「間宮さんの読みどおりだったよ。下手したら敗血症になって命にかかわる寸前だったんだ」

そして斉木光生は、とにかく横になりたいのでパジャマを持って来てくれと妻に頼んだ。

「ああ、それにパンツも」

慌てて寝室に行った佑子が、痛くて動けないだろうが、せめて顔を洗ってからベッドに入ったらどうかと言った。

「なんだか、脂でぎとぎとって感じの顔よ。歯も磨いたら？」

言われてみると、イスラマバードの朝以来、顔を洗っていないし、歯も磨いていなかっ

た。

光生は、少し痛みだしたように感じる肛門の近くをかばいながらバスルームの隣にある洗面所で歯を磨き石鹼で顔を洗った。

俺がいないあいだに髪形を変えたなと思ったが、彼はそれに気づいていないふりをして、佑子が持って来た下着とパジャマに着換え、台所の冷蔵庫をあけてミネラル・ウォーターを出し、それを持って寝室に行った。

以前の髪形よりもあきらかに派手な、女であることを際立たせてみせるかのようなカールは佑子にはそぐわなかった。

「本格的に排膿が始まったら、ガーゼよりも生理用ナプキンのほうが便利なんだって。お前のを使わせてもらうよ」

電話の子機を持ってベッドに横たわりながら言うと、佑子は笑った。

「よかったわねェ。私がまだ現役で」

「当たり前だろ、お前、まだ四十一なんだから」

光生は、塚口医院を出てからすぐにタクシーに乗ったので、まだ間宮には病状のことを報告していないのだと言い、佑子に寝室のドアを閉めてくれと頼んだ。

窓の網戸から住宅地の真ん中にある二百坪ほどの畑が見え、熟しすぎて割れているトマトと、やっと実が大きくなったがまだ青いトマトが交ざり合って茎から重そうに垂れていた。

小田急線の千歳船橋駅から南へ十分ほど歩いたところにある賃貸マンションの三階は、車の往来の多い道とはさほど離れてはいないのに静かで、夏の夜には、都内とは思えない涼しい風が入って来る。

光生はベッドに横向きに寝たまま社に電話をかけ、小声で間宮健之介に事のいきさつを説明した。

「痔瘻？　俺の爺さん、痔瘻で死んだんだよ」

と間宮は体格にそぐわない細い声で言った。

「おどかさないで下さいよ。ぼくのはちゃんと治るって医者のお墨つきですから。でも、あした一日くらいは寝てなきゃいけないって気がして……。二週間も休暇を貰ったのに申し訳ないんですが」

光生の言葉に間宮はしばらく考え込み、主要都市に支店を持つ大型書店の名を口にした。

「あした、あそこの大阪店に行ってもらおうと思ってたんだけど……。あそこはお前じゃないとなァ。宇津木《うつぎ》も川岸《かわぎし》も、あそこの店長とは顔馴染みじゃないから」

けれども、間宮は、とにかく体のほうが大事だ、あしたはとにかく休めと言って電話を切った。

斉木光生、宇津木民平《みんぺい》、川岸知之《ともゆき》の三人は、株式会社マミヤでは三銃士と呼ばれている。三人は十二年前まで大手の文具メーカーに勤めていたが、社の先輩だった間宮健之介に誘われて、新しい会社を興《おこ》すために辞めた。

手帳、封筒、便箋、グリーティングカード、筆記具を製造販売する会社を立ち上げるという間宮の熱意と理想に乗ったというかたちだったが、そのための決断のうしろには、間宮の持つ潤沢な資金があった。

間宮家は代々都内に多くの土地を持っていて、間宮健之介の父は戦後、その土地を担保にさらに土地を買い、マンションやオフィスビルの経営に乗りだして成功させた。

勉学優秀な兄と違って、子供のころから手先が器用なだけで、学校の成績は常に誰かと最下位を争っていたという間宮健之介は、漫画を描いたり、新しい折り紙の技を発明することに熱中しつづけた。

驚くほど能天気なぼんぼん、と間宮自身が苦笑しつつ言うほどの少年時代をすごしたが、父親は、美術系の大学に進みたいという出来の悪い不肖の息子の希望を断固許さなかった。長男に跡を譲ればそれでいいのだが、そして長男もごく自然に自分が跡を継ぐのだと決めていたのだが、間宮家の長男は心身ともに線が細かった。頭脳明晰なのに、他人と折り合いをつけることが下手で、些細な悩み事が生じるとふさぎこんでしまう。喘息の持病があって、年に一度か二度はその発作で寝込んでしまう。

そんな長男を支える役として、学校の成績は惨憺《さんたん》たるものだが手先がとび抜けて器用なくせに頑丈な体軀の、妙に豪胆で物に動じないところのある次男がいてくれたらと父親は考えたのだ。この兄弟の二人三脚は、自分亡きあとの間宮興産株式会社を、さらに発展させないまでも、大きく傾けさせない役割は担う組み合わせだ、と。

そんな父親の説得に、強く抗することもできないまま、間宮健之介は一年浪人生活ののち二流の私立大学の経済学部に進み、卒業と同時に、間宮興産株式会社に入社した。

けれども、どうせ会社は兄貴が継いで、自分はそんな兄貴の足らずを補う役廻りなのだと達観してしまっていた二十三歳の間宮は、周りの社員にとっては扱いにくい人間だった。いずれは役員になり、副社長の座に坐ることが決まっている若造は、仕事中でも、どこかで拾ってきた木切れを見つめ、このふたつの節を生かしておもしろい形のクワガタやカブト虫を造れないかと考えている。誰も頼んでいないのに、同じ部署の社員の名を刻んだ小さな石の印鑑を造り、これを自分の伝票印として捺《お》すようにと机に置いたりする。

一年がたったころ、これでは他の社員にしめしがつかないと父親が困り果てるのを待っていたかのように、間宮健之介は、業種の異なる他の会社で修業したほうが、将来の間宮興産のためにはいいと思うと提案した。他業種でさまざまな勉強や経験を積んで、いずれ必ず兄に役立つ有能な補佐役としてこの会社に戻ってくる、と。

間宮は、父と兄の承諾を得ると、文具メーカーのデザイン企画室に就職した。学生時代に、小学生のための筆箱や、オフィス用のデスクと椅子や、グリーティングカードのイラストなどのコンテストにしょっちゅう応募して、その幾つかは採用され、間宮健之介の名は文具メーカーでは知られていたのだ。

だが、間宮は配属された部の仕事よりも、営業マンとしてすぐに頭角をあらわした。新しい製品の紹介と販売促進を兼ねて取引先に営業担当の者と出向いても、いつのまにか間宮が主導権を握ってしまう。商品にはならないような突飛であっても斬新なアイデアを次から次へと提示して、取引先の担当者の無理難題をはぐらかし、果ては営業担当者の役目である価格交渉までも思いも寄らぬ妥協案を出して納得させてしまうのだ。

そしてそんな間宮に腹を立てる営業マンは少なかった。間宮が一緒だと助かる。いっそ営業の現場のほうに譲ってくれないか。

そんな声が多くなって、間宮は三年もたたないうちにデザイン企画室から営業本部に異動となった。

斉木光生が二十一年前にその文具メーカーに入社したとき、間宮健之介は三十四歳だった。そのころ、日本のすべての文具メーカーは大きな転換期を迎えていて、複写機やファクシミリ機、さらにはやがて訪れるであろうオフィス用のコンピュータ機器への対応が不可避となり、そのための戦略が主とされて、間宮が得手《えて》とする分野は営業本部においては稼ぎ頭ではあっても、なんとなく傍流視され始めていた。

そしてそれはわずか数年後には現実のものとなり、とりわけオフィス用コンピュータ機器とそのための付属品が売り上げの六割を占めるまでになった。

間宮健之介が、退社したのはちょうどそのころである。父親が描いた青写真に沿って間宮興産に戻ったかに見えたが、間宮はいまが退き時だと考えたのだ。

コンピュータなんか、さっぱりわからない。自分は木や草や紙を使って物を造るのが好きなのだ。そうやって造られた文具なら、どこでどんなに頭を下げようが売ってみせるが、コンピュータなんか俺の性に合わない。それならもうこのあたりで、老い先もそう長くはない父親をとりあえず安心させてやろう……。

間宮はそう考えながらも、文具メーカーで働いていたころからの夢の実現も視野に入れていた。

彼には既成の文具というものが、どれもこれも気に入らなかった。

価格を考えれば、大量生産するしかないのだが、一本の鉛筆にしても、そこに血が通っていない。一冊のノートや手帳も、スケールも、クリップも押しピンも、そのひとつひとつに愛着を抱《いだ》かせるようなものがない。

色鉛筆にしてもそうだ。青は一色ではないのだ。さまざまな青がある。さまざまな赤がある。

文具店で売っている一冊千円の手帳を、もっと使い勝手のいい、自分の愛用品としての魅力を持つ手帳に替えるために、人は五千円も払いはしないが、二千円なら買うだろう。ノートにも、鉛筆にも、封筒や便箋にも、自分と同じ思いを抱いてる人は多いはずだ。俺は二十年間、全国の百貨店や文具店の店頭でそれを確かに感じつづけた……。

そして間宮健之介は、それを自分が造って売ろうと決心し、十二年前、四十三歳のときに、かつての自分の部下だった三人の男に声をかけた。

自分を信じ、自分に賭けてくれた三人。大手文具メーカーを辞め、まったくの無の状態から一緒に株式会社マミヤの創立に参加した斉木光生、宇津木民平、川岸知之を、間宮は「三銃士」と呼んだ。

その三銃士に、会社を創立した日、間宮は約束したのだ。十年後、俺たちの会社が目標の売り上げを達成したら、お前らに一ヵ月の休暇と海外旅行の費用を全額出してやる、と。

「痛い。痛いな。痛くなってきたな」

そっと臀部を動かしながら光生はつぶやき、帰って来た娘の茉莉《まり》の声を寝室のドア越しに聞いた。

「えっ！　トトさま、痔なの？　やだなァ、不潔だよねェ」

茉莉が父親をトトさま、母親をカカさまと呼ぶようになったのは中学生になったときだった。最初はふざけてそう呼んでいたのだが、中学三年生のいまは、それが正式の呼称となってしまい、小学六年生の息子・康生《やすお》までが、トトちゃん、カカちゃんと呼んでいる。

茉莉はそっと寝室のドアをあけ、二週間の旅から帰って来た父親の様子をうかがった。

「お母さんに体温計持って来てくれって言ってくれ」

その光生の言葉で、

「あっ、起きてる」

と茉莉は言い、お尻に穴があいたんだって？　と訊いた。

「うん、見たいか？」

「どこにどんなふうにあいたの？」

「見たらわかるよ」

「いやだ、見ない。お金貰っても見ない」

熱は三十七度八分のままだった。光生は、塚口医院で抗生物質の点滴を受けていなかったら、いまごろは高熱に襲われていたことだろうと思い、MUROYの沙都に診察の結果をしらせておかなければと思った。

息子の康生が進学塾から帰って来たらしく、裸足でフローリングの床を踏み歩く音が聞こえた。康生は家に帰ると必ずまず靴下を脱ぐ。冬でもそうするのだ。スリッパを履けと言っても素足で3DKのマンションのなかを歩き廻っている。

まだ二、三歳のころから、靴下をいやがる子だったなァと思いながら、光生は妻を呼び、リュックサックのなかに青い封筒に入れた写真があるから持って来てくれと頼んだ。

「トンカツ、どうする？」

と妻が訊いた。

「食べたいけど、たぶん二切れほどで食べられなくなるような気がするよ」

「少し眠ったら？　十時ごろ起こしてあげる。そしたら熱も下がって、食欲も出るかもしれないわ」

妻に言われて、光生も二、三時間眠ろうと決めた。

写真の入っている封筒は康生が持って来てくれた。

「お尻の穴が腐ったたって、本当？」

とほとんど坊主頭のように短く刈った頭髪から日なたに似た匂いを放ちながら康生は訊いた。

「うん、まあ、腐ったようなもんだなァ」

「砂漠、見た？」

「見た。砂漠の奥に向かって一キロくらい歩いたよ」

「空に飛ぶ鳥なく、地に走る獣なし、だった？」

一度聞いただけなのによく覚えているなと思いながら、たった二週間ではっきりとわかるほどに背が伸びた康生の母親似の顔を見つめ、

「お父さんが歩いたのは、ヤルカンドってところのオアシスの近くだから、少しラクダ草ってのが生えてて、ちっちゃなトカゲもいたけど、たしかに空に飛ぶ鳥なく、地に走る獣なし、だな。そりゃあ凄いもんだよ、砂漠って」

と光生は言った。

「トカゲがいたじゃん」

「トカゲは爬虫類だよ。獣じゃないんだ」

康生が寝室から出て行くと、光生は封筒に大事にしまった三枚のポラロイド写真を見つめた。

間宮が約束した一ヵ月の特別休暇と、妻同伴の海外旅行を会社創立十年目に最初に実行したのは宇津木で、彼は妻とイタリアを北から南へと旅をした。宇津木夫婦には子供がいなかったのでそれが可能だったのだ。

光生は創立十年目の年に父を亡くしたし、仕事が忙しくてどうしても一ヵ月という長期の休みを取れず、妻の佑子は、行きたいのは南仏だが、ふたりの子供のことを考えると一ヵ月も旅に出ることなどできないと言ったのだ。いまは幼児のころとは異なった親の目というものが必要な年頃だから、行くならあなたひとりで行けばいい。たまには、口うるさい女房から離れて、気ままにあっちへうろうろ、こっちへうろうろとさすらいの旅を楽しんできたらどうか。

佑子はそう勧めてくれたが、ではそうしようと決めると、とりたてて行きたい国は思い浮かばなかった。

そうしているうちに、川岸知之が休暇を取って、ハワイでゴルフ三昧の一ヵ月をすごした。川岸の妻も、光生の妻と同じ理由で旅に同行しなかった。川岸は結婚が遅くて、息子はまだ二歳だったのだ。

ことし、あの特別休暇を取らなかったら、もう無効だぞ、と間宮健之介に冗談めかして脅され、ならば俺は日本列島各駅停車の旅でもやってのけようかと計画を練り始めたころ、光生はある写真雑誌で「乾河道《かんがどう》」なるものを目にしたのだ。

それは中国の敦煌《とんこう》から天山山脈の南麓に沿って西へと進むシルクロードの一角に穿《うが》たれた一木一草ない巨大な溝だった。

五百年前、いや千年前、あるいは二千年前、もしくはもっと遥かな昔、そこに大河が流れていた。おそらく水源は天山山脈の雪解け水であったのであろう。

河幅は最も広いところで約一・五キロ、河の長さは推定三十キロから百キロ。水深は深いところで二百メートル、浅いところでも三十メートル。

雪解け水による清冽な流れは、タクラマカンという死の砂漠の彼方で砂の底深くに伏して終わるのだが、大河の畔《ほとり》にはさまざまな民族が棲みつき、その時代その時代で多様な文明を築いていた。

だが、その大河はいつのまにか干あがり、河の底は数百年、あるいは数千年にわたって太陽に灼かれ、冬の氷に覆われ、いまやゴビ灘《たん》のなかの荒涼とした一本の不毛の溝と化した。それが「乾河道」である。

写真雑誌にはそのような説明文があり、井上靖の「乾河道」という詩が添えられてあった。

沙漠の自然の風物の中で、一つを選ぶとすると、乾河道ということになる。一滴の水もない河の道だ。大きなのになると川幅一キロ、砂洲がそこを埋めたり、大小の巌石がそこを埋めたりしている。荒れに荒れたその面貌には、いつかもう一度、己が奔騰する濁流で、沙漠をまっ二つに割ろうという不逞なものを蔵している。そしてその秋《とき》の来るのをじっと待っている。なかには千年も待ち続けているのもある。実際にまた、彼等はいつかそれを果すのだ。たくさんの集落が、ために廃墟になって沙漠に打ち棄てられている。大乾河道をジープで渡る時、いつも朔太郎まがいの詩句が心をよぎる。——人間の生涯のなんと短き、わが不逞、わが反抗のなんと脆弱なる！

光生は、その乾河道の写真に見入り、その一篇の散文詩を読んだとき、俺はここに行きたいと思った。この、干あがって死んだふりをしている大河の跡の、かつての河底にひとりぽつんと立ってみたい、と。

その思いは、一瞬のきまぐれな衝動とは趣きを異にしていた。日がたつごとに、巨大な乾河道の最も底深い場所にたたずんでいる自分の姿が鮮明な映像となって心にあらわれつづけたのだ。

乾河道のいったい何が自分という人間の心を騒がせつづけるのか、光生にはよくわからなかった。だがそれが自分のなかに眠っていた何かを大きな力で烈しく揺り動かしたことだけは間違いなかった。

そうしているうちに、光生は、おぼろげな記憶が、乾河道という想像を絶するほどに荒れ果てた一筋の轍《わだち》のなかに立つ自分とつながり合っているのに気づいた。

そんな自分の傍には、まだ若い母がいた。

冬枯れた河原を、母がまだ二歳か三歳かの自分の手をつかんで立っている。河原の雑草も茶色、河床も茶色、河には流れというものがほとんどない。

たしか母は光生という子をつれて死ぬつもりでその河原に向かったのだが、身を投じるだけの水量がなく、それをみつけようと上流へ上流へと歩きつづけているうちに疲れて、死に向かおうとする気力が萎えてきた。母の異変を感じた子は、怯えて泣きつづけている。日が落ち始めて寒風は冷たさを増し、泣いている子の全身は不憫《ふびん》さを超えた痛切な悲哀を放って震えている。

母は子の手を握りしめたまま、上流のさらに彼方に見える山々を指差し、春になるとあの山の雪が解けて、この河にはお前の背丈よりももっと高い水が流れるようになるのだと言い、それからさらに半時間ほどそこにたたずんでから、家への帰路についた。

光生が生まれたころに愛人ができた父は、その女のために勤めていた会社の金を使い込み、それが発覚して逮捕された。

光生がそのことを知ったのは中学生になったころだが、父は執行猶予付きの有罪判決を受けた。

母が光生をつれてその河原に立ったのは、父が訴えられて警察に連行された数日後のことだったに違いないと気づいたのは、たった一枚の乾河道の写真によってであった。

その写真に心を騒がされなかったら、二歳か三歳のころの、冬枯れた河原での記憶はあるいは永遠に甦ることはなかったのではないかと光生は思った。

ことし七十二歳になった母は、自分よりも五年早く夫を亡くした二つ違いの妹と福井県武生《たけ ふ》市で暮らしている。母の妹は夫の死後、武生市で跡を継ぐ者がいなくなった蕎麦屋を譲り受け、小さいながらも老舗の蕎麦屋を切り盛りして、母はそれを手伝いながら仲良く暮らしていて、毎年十二月の半ばに、生きている大きな越前ガニを発泡スチロールの箱に入れて上京し、光生の住まいに三日間滞在するのを楽しみとしている。

光生は、ガイドの楊《よう》さんに写してもらったポラロイド写真に見入った。説明されなければ誰もそれが人間だとはわからない白い点となって、光生は大乾河道の底に立っていた。

天山山脈の凄さはその長さにある。東西二千キロにわたって連なる峰々は、カラコルム山系の七千メートル級の幾つかの高峰には及ばないものの、東トルキスタンと呼ばれる広大な地域を縦断して、中国領と旧ソ連領とのあいだを万年雪で常に遮断しつづけてきた純白の巌《いわお》なのだ。

斉木光生は、自分が旅の最中《さなか》にひとり立つ場所をひとつ選ばなくてはならなくなったとき、迷わずその乾河道に決めたのは、天山山脈に最も近いところにあったからだ。

ポラロイドカメラのファインダーには、右側に天山山脈、真ん中に大乾河道、そして左側には荒涼というしかないゴビ灘《たん》と、そこにたった一本だけ曲がりくねってつづく果てのない道が納まっていた。

光生は、楊さんにポラロイドカメラの写し方を教え、自分があそこまで行ったらシャッターを押してくれと頼んで歩きだした。

楊さんは困った顔で、時間がないと言った。日が落ちるまでに今夜の宿泊地であるクチャに着きたい。すでに予定よりも二時間遅れている。途中の道が工事中で、そこで長く足止めをくらったのだ。暗くなると安全を保証できない。中国の新疆《しんきよう》ウイグル自治区にもイスラム系の過激派が温和なウイグル人を装って潜んでいる……。

そんな意味のことを流暢な日本語でまくしたてたが、楊さんは、これが斉木光生という日本人の旅の目的であったと気づいたらしく、

「急いで下さい。でも走らないで。転んだら尖った岩で大怪我をします」

と言った。

ゴビ灘に一歩足を踏み入れると、石炭のような色で光っている岩石以外は、くるぶしまで埋まる砂と瓦礫で、乾河道の畔に辿り着くまで二十分近くかかった。

想像を超えた脚力を必要としたので、光生は何度もふくらはぎがつりそうになり、そのたびに数分立ち止まって休まなければならなかった。

やっと畔に立っても、干あがった河原への斜面は急で、底に降りたら二度と戻ってこられないのではないかという恐怖にかられた。

遠くで「沙竜《さりゆう》」と呼ばれる竜巻が生まれ、それが近づいて来ていた。

旅のために買った時計には小さな寒暖計がついていて、それは摂氏四十五度を示していた。

「乾河道に死す、か……。斉木光生、享年四十三。どうしてあんなところに降りて行ったのか、誰にもわからない」

光生はそうつぶやきながら、黒い岩伝いに巨大な轍の底へと降りて行き、目的の地点に立つと再び寒暖計を見た。風が通らないので気温は二度上昇していた。

竜巻も頭上を通り過ぎていくだろう。そう思いながら、光生は煙草をくわえ、天山山脈を見つめた。

千年、いや二千年のあいだ、虎視眈々と獲物を待っていた奔流が、ゴビ灘そのものまで呑み込むほどの勢いで大乾河道に戻って来そうな気さえした。

「人間の生涯のなんと短き、わが不逞、わが反抗のなんと脆弱なる！」

井上靖の詩の最後の部分をそらんじながら、光生は天山山脈に見入りつづけた。そのとき、光生の心に生じたのは、「ついに来た」という感慨であった。

そのような言葉は、ここに立つことを何年も待ち、そのための準備を周到に練り、やっとの思いで目的の地をめざした人間だけが抱くものだ。自分はどこかに旅をしなければならなくなり、ふと目にした一葉の写真と一篇の詩に魅せられて、行ったことのない隣の町へでも出向く気楽さでシルクロードの一点に立っただけなのだ。

そう思いながらも、光生は刻々と自分の体がミイラ化しているような心持ちのなかで、「ついに来た」と何度も口に出さずにはいられなかった。

楊さんのいるところに戻るのに四十分近くかかった。楊さんは機嫌が悪かったが、初めて触れたというポラロイドカメラで撮った写真の出来栄えに満足し、

「クチャまでまだ二時間かかります」

と言って、光生を道に停めてある小型のマイクロバスへと急がせたのだ。

いつのまにか寝てしまい、目が醒めると十一時だった。

痛みで目が醒めたのだとわかるまでに少し時間がかかったが、熱は下がっていた。

佑子は、台所とつながっている居間のテーブルの上に、赤いリボンで飾った箱を置いて、光生が起きてくるのを待っていた。

「食欲は？　トンカツ、食べられる？」

「痛いけど、トンカツは食いたいな。これ、何？」

恐る恐る椅子に腰かけながら、光生はリボンのついた箱をつまみあげた。

「私からのプレゼント」

佑子は笑って言い、トンカツを揚げながら、キャベツを刻んだ。

箱をあけると、生理用ナプキンの袋が入っていた。光生も笑い、

「膿が出てるのかどうかもわからないなァ。飯を食ったら調べてみるよ。でもそのときは病院で処置してくれたガーゼを取らなきゃァ……。痛いだろうなァ。いまでも相当の痛さだから」

これは痛み止めの坐薬が必要だし、食後には抗生物質も服まなければならないと光生は思った。

「痔瘻って、ただの痔じゃないのね。根治手術の方法を読んで、びっくりしちゃった」

と佑子は言い、台所で読んだらしい家庭医学のぶ厚い本を持ってきた。

「盲腸の手術みたいに、脊髄に麻酔注射をして、肛門の括約筋を切って、痔瘻の穴をくりぬいて……。そうしないと完治しないんだって。最低でも一週間は入院しなきゃあいけないのよ」

「でも、塚口さんていう医者は特殊なやり方の手術で、十五分くらいで済むらしいんだ。脊髄に麻酔注射をしなくてもよくて、手術のあとすぐに歩いて帰れるんだって。だから間宮さんは塚口肛門科を勧めてくれたんだよ。間宮さんのおじいさんは痔瘻で死んだんだって……」

患部の痛みに耐えながらも、光生はトンカツをすべて食べ、刻んだキャベツも、佑子自慢の冷たいトマト・スープもご飯もたいらげてしまった。

「実りのある旅だった?」

佑子はアイスティーを飲みながら訊いた。

「うん、すばらしい旅だったね。こんなにいろんなものを得る旅になるとは思わなかったよ。暑さと連日の下痢、行けども行けども不毛のゴビばかり。食う物もまずくて、夜遅くやっとオアシスの町に着いたら、ただ寝るだけ。朝はほとんど五時か六時に起きて、そそくさとまずい朝食をとってすぐに出発。バスから見えるのは、ゴビと竜巻と蜃気楼だけ。

たまに小さな集落があるけど、そこにも、オアシス町にも、人相の悪い私服の公安警察の連中が外国人をうさん臭そうに見張ってやがる。ニューヨークの同時テロ以来、公安警察の監視が強くなったそうなんだ。アフガニスタンはすぐ近くで、新疆ウイグル自治区のウイグル人はすべてイスラム教徒だからね」

「いろんなものを得たって、どんなものを得たの？」

そう妻に訊かれると、光生は即座にそれを言葉にすることはできなかった。それで、光生は旅の最中に見たあまたの光景のなかのひとつを妻に語って聞かせた。

――天山山脈の南麓にクチャという町がある。かつては亀茲国《きじこく》と呼ばれて、西紀百年から三百年の半ばごろまで栄えた小さな王国だ。歌と踊りが盛んで、いまでも「クチャ美人」と称されるほど女性が美しい。

そのクチャから天山山脈にわけ入るようにして北西に七十キロほど行ったところにキジル千仏洞という石窟がある。敦煌の莫高窟《ばっこうくつ》と同じように、堅牢な岩に幾つかの窟を穿ち、それぞれの窟には壁画が描かれていて、約千七百年前には雀梨大寺《じゃくりおおじ》と呼ばれた。

自分は遺跡というものには興味を持てない人間だ。つまり、そこに秘められた何物かを理解する能力に欠けているのであろうし、そのための知識もまったく持ち合わせてはいない。

けれども、通訳兼ガイドの楊さんは、キジル千仏洞に行くことを強く勧めた。それは、彼自身がまだ一度もキジル千仏洞に行ったことがなかったのと、数百もの石窟のなかに、ラピスラズリを絵具に使用し描かれたものがあるからだ。ラピスラズリという鉱物が絵具として使われたのは、すでに当時、ヨーロッパ社会との交流が盛んだった証しでもあるが、長い年月、杜撰《ずさん》な保管状態がつづいたにもかかわらず、ラピスラズリの鮮やかな青はまったく褪せていないという。

その石窟が一般の観光客に公開されているかどうかはキジル千仏洞に行ってみなければわからないが、自分はぜひそれを見てみたい。そう楊さんは正直に言った。

だから、楊さんにつき合って、まだ日の昇りきらないクチャの町を発ち、キジル千仏洞をめざすはめになった。

「『釈氏西域記』という本には『亀茲国の北、四十里の山上に寺あり、雀離大清浄と名づける』と書かれています」

クチャ河を渡るとき、楊さんはそう説明した。そのときの楊さんの表情はガイドのそれではなく、往古の文化遺産に強い関心を持つ学究の徒のようだった。

日が昇らないうちは寒くて、セーターをホテルに置いてきたことが悔やまれたが、小型のマイクロバスが天山山脈の切り立った峰と峰のあいだのアスファルト道を北上するにつれて気温はあがり、太陽を浴びた白い峰々が眼前に聳《そび》えるころになると、暑さで耐えられなくなってきた。

山脈の一角をのぼっているというのに、草の生えているところはなく、数千年にわたって、夏は太陽に、冬は雪と氷に、そして季節を問わず強い風にさらされた岩山は角が削られて風化し、人間の手の加えられた円錐形の土塁か、巨大な墓のように見えた。

行程の半ばくらいの地点に達したところで道は左に大きく曲がり、思わず感嘆の声をあげるほどの展望がふいにひらけた。天山北路へとつらなる山脈が視界のすべてを占めて、その峰々は朝日に輝いていたのだ。

自分はこれほど美しい峰々を見たことはないと思った。そして、今後も見ることはないであろう、と。

世界の名峰を実際に目にしたことはないし、山というものに格別興味を抱いたという記憶もない。世界には、もっともっと荘厳な山があるかもしれない。天山山脈は高さにおいても裾野の広さにおいても世界一というわけではない。

にもかかわらず、自分は、ここから見える天山山脈が、自分にとって世界一だと感じた。かつてテレビで観たヒマラヤの峰々の威容と比べれば、おとなと子供の違いだと言うこともできるかもしれない。

しかし、自分には、ここから見える天山山脈が一番だ。お前にとってなぜ一番なのかと問われれば、「たたずまい」だと答えるしかない。いったいいかなる「たたずまい」かと問われたら、自分は「人々の歴史」を包み込んでいる懐の深さと答えるが、それはキジル千仏洞で思いついた言葉で、四方に天山山脈がひろがるその場所では「人々の歴史」などという言葉は脳味噌のどこをまさぐってもみつけだせなかった。

峰と峰のあいだの険難な道には、さまざまな民族が小さな集落をつくって、そこで人々は生まれ、生き、死んでいったことだろう。

そこには、恋があり、争いがあり、家族愛があり、出世欲があり、親に反抗する若者がいて、亭主の浮気を怒って家出する妻もいたであろう。嫉妬があり、策謀があり、裏切りがあり、つつましく生涯を終える者もいれば、大望《たいもう》を抱いて都をめざす者もいたであろう。

そしてそのような集落から集落へと、南から北へ、北から南へ、ロバや馬の背に荷を載せた者たちが命を賭して商売のために山脈を越えて行ったのだ。ヨーロッパやペルシャ世界からの貴重な珍品、中国からの絹や茶や薬草……。

生半可な儲け話で実行できる旅ではない。無事に商品をさばいて帰国したら、あとは一生遊んで暮らせるほどの富を得られるのでなければ、誰がそんな危険を冒すであろう。

けれども自分は、彼等が金儲けのためだけに中央アジアの大平原を貫き、氾濫《はんらん》する河を越え、死の砂漠を縦断し、天山山脈の尾根伝いの危険な道を踏破したとは思えない。そこには富を超えた、何か彼等を誘ってやまないものがあったのだ。

それがいったい何なのか、自分にはわからない。

シルクロードなどという言葉は、あとになって人間がこしらえたのだ。往古、それは生きて帰る確率の極めて低い、自然の猛威に襲われつづける道だったのだ。天山南路と北路をつなぐ山脈のなかの道も、そのひとつにすぎなかったが、夥しい旅人の死をみつめ、小さな村々の無数の人生を見つめてきた。

山には神々が宿るという言葉があるそうだが、そしてそれがどんな神々であるのか、いかなる暗喩を隠しているのか、自分にはわからないが、キジル千仏洞へ向かう道で、自分は「神々」というしかない何物かを見たのかもしれない……。

自分と楊さんとウイグル人の運転手は、そこでマイクロバスから降りて一服しながら、どこまでもつらなる天山山脈の峰々に見入っていた。

右側は深い谷で、その谷の底にはうっすらと苔のようなものが生えていた。

どうやらそこは西側で、低い峰に遮られて日当たりが悪く、そのお陰で灼熱からも乾燥からも守られているらしく、自分たちには五百メートルほど眼下にある谷底の平地に生えている豊かな草が苔に見えたのだ。

ここからは小石の散らばりに見えるが、実際には二、三メートルもの巨石が二百個近く転がっているのであろうと自分は思った。

谷の西側には、かつては河だったと推測できる湿地がある。あれもまた乾河道というべきなのか……。大きさからいえば、乾河道の赤ちゃん、いや、新米の乾河道といったところかな……。

自分はそう思いながら、そこだけ朝日の恩恵を受けていない谷底の石の居並びに目をやった。

すると、その二百個近い石が動いたのだ。

自分は、中国に着いた翌日からつづいている下痢のせいで眩暈が起こったのかと思い、咄嗟に腰を降ろしていた岩のへりをつかんだのだが、石たちは谷底の西側から東側へと間違いなく動いて来て、そのうちの一個が急な坂道をのぼり始めた。

そのときやっと、自分はずっと石だと思っていたものが、二百頭近い羊の群れだったことに気づいた。

こちら側へとのぼって来るのは、羊飼いの男だった。

男がハンチングのような帽子をかぶった青年であることがわかるまで随分時間がかかっ

た。

青年はウイグル人だが、モンゴル人の血も入っているらしかった。

やっと自分たちが腰かけているところにやって来ると、ウイグル語で何か言った。ウイグル人の運転手がそれを楊さんに中国語で伝えた。

「羊に草を食べさせるためにここに来たが、去年まであった河に水がない。自分も羊たちも三日間水を飲んでいない。水を持っていたら少しくれないか。そう言ってます」

楊さんの言葉で、自分はマイクロバスのなかにあるミネラル・ウォーターのペットボトルを三本持って来て、青年に渡した。

青年は、格別に感謝の気持をあらわすといったふうもなく、

「ラフメット」

と少し笑みを浮かべて言った。

ウイグル語で「ありがとう」という言葉で「ありがとうございます」と丁寧に言う場合は「キョップ・ラフメット」となるそうだ。

「羊たちのぶんはないけど……」

自分は冗談めかして言い、とても若く見えるが実際は三十を越えていそうな青年の、日に灼けた顔や破れ穴だらけの粗末な服を見た。

青年は笑みを返し、羊たちも喉が渇き切っているが、そのお陰で水の匂いに敏感になっていて、行きたがる方向へと進めば、やつらが水のあるところにつれて行ってくれると言った。

たぶん、あと二十キロも南へ行けば小川があるはずだ。小川の源は地下水なので、あと数年は涸れないと思う……。

そう言って、ほとんど断崖に近い坂道を下り始めた青年に、どこから来たのかと訊いた。青年は、天山山脈の東側の峰々を指差し、ここから三つめの、ラクダの瘤《こぶ》のような峰の麓から来たと答えた。

楊さんが煙草を一本渡した。青年は礼を言って、眼下の羊たちに向かって指笛を鳴らした。自分は、水の匂いを感知した羊たちが勝手に移動しはじめたのを阻止するための指笛だと知った。

青年のマッチの箱には三本しか入っていなかった。自分はライターを出して、青年の煙草に火をつけてやりながら、あの峰の麓からここまで何日かかったのかと訊いた。丸七日間と青年は答えた。

峰の麓の家には、妻と妻の母親と、ふたりの子がいるという。年に一度、羊を売るためにクチャの町に行くが、そのときは家族も一緒だ。その羊の市を妻も子供たちも楽しみにしている。食肉用として特別に育てた羊十頭が売れたら、その金で妻や子の服と甘い菓子、それに妻の母の入れ歯の修理もできる。去年は七頭しか売れなかったが、それは草が少なくて羊が痩せていたからだ。でも、ことしの羊は草に恵まれて肉質がいい。羊毛の市は毎年六月に行なわれるが、それはクチャの町まで売りに行かない。天山北路のスムベという町からカザフ人の羊毛商人がトラックで買いつけに来るからだ。

青年はそう説明してから、羊を一頭買わないかと事もなげに言った。三歳のメスの羊で、まだ一度も交尾をさせていないから、肉が柔らかくて臭みがない、と。

一瞬、買った羊の首に紐をつけてクチャの町を困惑しながら歩いている自分の姿が浮かんだ。

自分は笑いながら、

「要らない」

と言い、封を切っていない煙草の箱をひとつ青年のシャツの胸ポケットに入れた。

「ラフメット」

青年は言って、羊たちのところへと戻って行った。

キジル千仏洞に着いたのは昼ごろだった。

ラピスラズリを絵具にして描かれた菩薩像がある石窟には、特別な許可を得た者しか入ることができなかった。

楊さんは粘って、いわば賄賂《わいろ》のようなものを係員に渡そうとしたし、係員もその内緒の金が欲しそうだったが、石窟の扉の鍵は所長の許可なしには持ち出せないらしく、あきらめるしかなかった。

自分は往古の遺跡にまったく関心が湧かない。それについての予備知識も皆無だし、文化的意義も歴史的意味もわからない。そのような人間が貴重な文化遺跡をいささかでも荒らすべきではない。

自分はそう思い、いっときも早く、さっきの深い谷を見おろす場所に戻りたかった。

青年も羊たちも、もうそこにはいないだろう。自分はあの谷に降りて、青年の視線で、自分たちがいた場所を見あげてみたかった。

自分には眼下の羊たちが二百個ほどの石に見えた。青年もそのなかの一個の石にすぎなかった。ならば、羊飼いの青年の目には、はるか頭上のこの自分は何に見えたことだろうか……。

目の良し悪しとは異なる次元で、自分とあの青年とは視力に大きな差があるはずだ。だから、同じものが見えるとは限らない。

しかし、自分はあの谷の底に降りて、自分が腰かけていたところを見あげてみたい。

その、願望といってもいいほどの欲求は、自分でも不可解なくらいに強かった。

帰路、手で触れられないほどに熱くなっている一本のアスファルト道が右へ大きく曲がる地点で車を停めてもらい、たしかに自分たちが一服していたはずの岩のところに立ったが、眼下には苔のような草もないどころか、谷底そのものすらなかったのだ。

楊さんもウイグル人の運転手も、青年がのぼって来たのはここだと言う。間違うはずはない。車が通れる道は一本しかなく、自分たちはここで煙草を吸い、羊飼いの青年にミネラル・ウォーターの壜《ボトル》を三本恵んでやったのだ、と。

けれども、深い谷底はどこにもなく、粗い砂地のうねった丘が西側の山へとつづいているだけなのだ。

ウイグル人の運転手は、何かひとりごとを言って、剽軽《ひょうきん》な笑顔を向け、車に戻った。自分も楊さんも狐につままれた気分でマイクロバスに戻り、ときおり谷のあるところにさしかかると、そのたびに車から降りて眼下を覗き込んだ。どこも、二百頭もの羊と羊飼いの青年がいた谷ではなかった。

自分は、ウイグル人の運転手と楊さんが何か会話を交わしているのを虚ろな心で聞いていた。

この仕事についてからクチャとキジル千仏洞を七十回近く往復しているという運転手に、

「あなたはきっと場所を間違えたのだ」などとは言えなかった。それは彼の誇りをひどく傷つけるに違いなかったからだ。

夜、一瞬の雷雨がクチャの町を襲って、クチャ中が停電になった。旅に出て初めての雨だったし、年間の降雨量は百ミリにも満たない地域だったので、ホテルの前の道ではウイグル人の子供たちが雨に打たれてはしゃいでいた。自分もホテルの庭に出て、雨に打たれつづけたが、それは二十分ほどでやんだ。雷の音だけが遠くでつづいていた。

蠟燭を持った楊さんが部屋にやって来て、変なことを聞いてしまってどうにも気味悪くて眠れないと言った。

「あの運転手、蜃気楼に騙されたんだって言い張るんです」

「蜃気楼？　あの二百頭の羊と羊飼いが蜃気楼だったたって言うんですか？」

「ええ。冗談ではなく、本気でそう言うんです」

「そんな馬鹿な。蜃気楼が喋りますか？　ぼくたちの前で煙草を吸いますか？」

自分は、むきになってそう言ってから、なんだかおかしくて笑った。楊さんも笑い、しばらく何か考え込み、このかつての亀茲国は、多くの大乗経典を梵語から漢語に訳した訳経僧・鳩摩羅什《くまらじゅう》のふるさとなのだと言った。

「羅什は父がインド人で、母がクチャ人でした。羅什が訳した厖大な経典のなかに『無量義経』というのがあります。そこには、あるものを三十四の否定形で表現した箇所があるんです。あるものというのは『其の身』です」

楊さんはそう言い、メモ用紙に「其身非有亦非無　非因非縁非自他　非方非円非短長非出非没非生滅」と書いた。

中国語でそれを口に出して読んでから、次に楊さんは日本語に訳した。

「其《そ》の身《み》は有《う》に非《あら》ず亦《また》無《む》に非《あら》ず　因《いん》に非《あら》ず縁《えん》に非《あら》ず自他《じた》に非《あら》ず　方《ほう》に非《あら》ず円《えん》に非《あら》ず短長《たんちょう》に非《あら》ず　出《しゅつ》に非《あら》ず没《もつ》に非《あら》ず生滅《しょうめつ》に非《あら》ず」

そしてこの日本語での読み方は、五年前に鳩摩羅什を研究する日本の学者や僧侶たちについてクチャを訪れたときに教えてもらったのだと楊さんは説明した。

「もっともっと『非ず』であらわす言葉がつづくのですが、私は忘れてしまいました。でも、三十四の非ずがつづくんです。つまり『其の身』とは、三十四もの『非ず』で否定しても、それでもなお否定できない存在なんです。私はとても惹かれました。日本人の学者のなかで一番年少の人が、無量義経における『其の身』は仏のことだが、この三十四の『非ず』によって仏とは『命』のことなのだとわかると言いました。クチャのこのホテルのこの部屋で、仏とは生命のことなのだってね。羅什を研究するためにクチャまで来た他の仏教学者たちや坊主たちには、さか立ちしてもわからないだろうってね。私には、そのとき、その若い学者がとても傲慢に見えましたが、いまはそうは思っていません。なるほど、命は、有ると言えば無い。姿が見えませんから。でも、姿が見えないから無いと否定しても、どうしようもなく有るんです。私はいま生きていて、クチャにいて、停電になったホテルの部屋でこうやって斉木さんと喋りながら蠟燭の火を見てるんですから」

自分が何か言おうとすると、楊さんはその言葉を見透かしたかのように、

「そしてこの三十四の『非ず』は、幽霊や霊魂の存在を見事なまでに否定してるんです」

と言った。

自分は楊さんが部屋に帰ってしまってからも、彼が書いた無量義経の数行を何度も読んだ。読んでいるうちに、あの羊たちと羊飼いの青年にとって、今夜の雷雨はどれほどありがたいものであったろうと思った。

するとなぜかふいに、いまは自分も含めて人間どもの心が弱くなっている時代なのだという気がしてきた。脆弱な心が世界中にひしめいている、と。

ならば、心が強くなるにはどうしたらいいのだろう。真の心の強さとはどのようなものなのであろうか。

そのクチャの夜以後は、それを考えつづける旅となった。

斉木光生は話し終えると、妻に手鏡を持って来てくれと頼んだ。ガーゼを取り換えて、傷口を消毒しなければならなかったし、排膿が始まったのかどうかを調べたかったのだ。

だが、佑子に手渡された手鏡一枚では傷口を自分で見ることができなかった。

もうひとつ、化粧鏡を持って来てもらったが、二つの鏡をどう動かしても、体を捻って屈んだり反らせたりしても、肛門の真横は見えず、そのうち肋骨のあたりの筋肉がつって、動けなくなってしまった。

光生は洗面所に妻を呼び、

「駄目だ。申し訳ないけど、見てくれよ」

と顔を歪めて頼んだ。

「最初からそう言えばいいじゃないの」

佑子は笑いながら、光生の臀部を覗き込み、絆創膏をはがしてガーゼを取った。

「すごい腫れてる。お尻の穴のすぐ隣にねェ、ホオズキの実が半分くっついてるって感じよ」

光生は洗面台に両手を突いて、妻のほうに尻を突き出した格好で笑った。笑うたびに痛みが脳天に走った。ガーゼには少しだけ血がついていたが、膿は出ていなかった。

「塚口先生は、メスをどんなふうに入れたのかなァ。俺の傷は、どうなってる？」

「メスで切った跡はあるけど……。でも、なんとなく破裂寸前て感じよ、ここが……」

そう言って、佑子は光生の肛門の横を何か冷たいもので突いた。光生は絶叫といってもいいほどの声をあげて、そのまま四つん這いになった。激痛で涙が出て、しばらく呻きつづけた。

「お前、いま錐《きり》か何かで突いたのか？」

やっと痛みが薄らいだあと、光生は手の甲で涙をぬぐいながら訊いた。

「綿棒の先でちょっとさわっただけよ」

「一生、恨んでやるからな」

妻の押し殺した笑いは長くつづいた。

「とにかく、俺が痔瘻で現在只今もひどいめに遭ってるって告白したらだなァ、出てくる出てくる、隠れ痔主が」

社が千駄ヶ谷の能楽堂の近くに借りているデザイン室と倉庫を兼ねたマンションの一階にある喫茶店で斉木光生がそう言うと、川岸知之は笑いながら、

「俺の体は入口から出口まで悪いところはひとつもないんだけど、しつこい水虫に取り憑《つ》

かれてるんだ。普通の水虫じゃなくて爪白癬《はくせん》てやつ。ゴルフ場の風呂場でうつされたんだ。爪白癬てのは、塗り薬じゃどうにもならなくて、長期間、抗生物質を服まなきゃいけないんだ。その爪の全部が生え替わるまで。俺のは親指だから、爪の全部が生え替わるのに一年はかかるらしくて、一年も抗生物質を服みつづけたら肝臓が悪くなるって脅かされて……。爪一本と肝臓とどっちが大事かって天秤にかけるとだなァ、そりゃあ肝臓を選ぶよな。だから皮膚科に行くのをやめたんだ」

と言った。

すると宇津木民平は、最新の植毛法の施術を受けようかどうか迷っているという頭を小刻みに左右に揺すりながら、

「俺、ちょっとだけ血が出るんだよ。ちょっとだけだけど、排便のあとに」

と声をひそめて言った。

「出た。なっ？　出てきただろ、隠れ痔主が。『宇津木民平、お前もか！』ってやつだよ。こうやって、ぞろぞろ出てくるんだ。宇津木、早く塚口肛門科へ行け。俺がつれてってやるから」

その光生の言葉に、短くなった煙草を指に挟んだまま体を震わせて笑いながら、川岸は煙にむせて咳込んだ。

「こんどの大阪出張はつらかったよ。飛行機に乗るとき手荷物の中身を出して調べられないかって心配で、新幹線にしたんだ。男が鞄のなかに生理用ナプキンなんか入れてたら、ひょっとして捕まるんじゃないかって心配になってきて。まあ、麻薬か凶器以外は何を持ってようが個人の自由だってわかってても、それでも万一ってこともあるから」

川岸は笑うのをやめ、宇津木は細い毛がまばらに生えているだけの前頭部から頭頂部を撫でていた手を止め、

「生理用ナプキン?」

と同時に訊いた。

光生はその理由を説明し、足元に置いてある十年近く愛用している革鞄を軽く手で叩いた。

「生理用ナプキンには二本の細い粘着テープが付いてるんだ。俺は最初、そのテープをあの部分の皮膚に付けるんだと思って……。そしたら、どうもそうじゃなさそうなんだ。そこにくっつけたら機能が果たせない。なるほどこれはパンツにくっつけるんだって気づいて、そのようにしてみたんだ。そしたら、トランクスじゃあ駄目なんだよ。目的とするところにナプキンが当たらないし、すぐに外れやがる。ぴたっと体にへばりつくブリーフでないとナプキンを固定できないんだ。俺、ブリーフ型のパンツは学生時代に穿いたきりだ

ったから、慌てて買いに行ったよ」

「いま、それを装着してるの？」

と川岸が訊いた。

「うん。あと三日くらいは必要だろうな。俺はいまや生理用ナプキンの、ちょっとしたオーソリティだぜ。どこのメーカーの、何というナプキンが吸収効率がいいか。むれ具合はどうか。だいたいのところが頭に入ってしまってるからね。頭でわかったんじゃないんだ。自分の体で覚えたんだから本物だよ」

川岸は体をのけぞらせ、宇津木は上体をくの字に曲げて笑った。

「人の苦労を笑ったら、すぐに自分に返ってくるんだぞ」

ふたりを睨みつけてそう言いながら、光生も笑った。

「しかし、それにしても、東京に帰り着いて、社に戻らずにMUROYに行ったのはアラーの神の思し召しかもしれないぞ。斉木が旅をしたところは、大半がイスラム圏だからな」

川岸知之はそう言って、なぜMUROYに行ったのかと訊いた。やっぱり、お前は沙都に惚れてるな、と。

光生は少し迷ったが、このふたりになら話してもいいだろうと考え、五年前の病院の夜

と川岸は訊き返し、宇津木は真顔で、その男が言ったことをもう一度復唱してくれと言った。

「桜の満開の時分にそこに立つと、背後から昇ってきた日の出によって長く伸びた自分の影が、正面の低い山の麓にあるたった一本きりの桜の木を覆う。そこから桜までの距離は約七百メートル。あいだには滅多に車の通らない県道と畑と田圃しかない。溜息をついて呆然と見惚れるほどに美しい花を咲かせるその桜の木の根元にメイプルリーフ金貨を埋めた。¼オンス、½オンス、1オンス、½オンス、合わせて三千枚。¼オンス金貨が千枚ほど。½オンス金貨は七百枚弱。残りは1オンス金貨だ。盗んだものでもないし、何かいわく付きのものでもない。みんな自分が自分の金でこつこつと買い集めたのだ。場所は和歌山県。みつけたら、あんたにあげるよ」

光生が復唱するのを聞き終えてから、

「よくそれだけ正確に復唱できるなァ」

と宇津木は言った。

「メイプルリーフ金貨が三千枚？」

どうせ一笑に付されるだろうと思っていたが、

のことを語って聞かせた。

「もう何十回と頭のなかで復唱してきたからね。脳味噌に刻み込まれてるんだ」

「男がお前にそれを言ったとき、どんな感じだった？」

　と川岸は訊いた。

「どんな感じって……、一語一語、ゆっくりと、言葉を選びながら口にしてるって感じだったよ。ひどく痩せてて、白目の部分が煙草のやにみたいな色で、これは相当に肝臓が悪いなって思ったね。歳は六十を少し越えたってとこかな」

　川岸は、自分の鞄から薄いノート型パソコンを出すと電源を入れ、何かを検索していたが、やがてその画面に並ぶ数字を手帳に書き写すと、背広の内ポケットに入れてある電算機を出して計算を始めた。

　そして、そのメモ用紙に小さな字で数字を書いて、光生と宇津木民平に見せた。

「きょうの金相場のレートで計算すると、その三千枚の金貨の買取価格は合計で一億円てとこだな」

　川岸の手帳には、1/10オンス金貨から1オンス金貨までの税込小売価格が書かれてあった。1/10オンスが約五千五百円。1オンスは約五万円なのだ。

「買取価格が小売価格よりも低くなるのは、どうしてなんだ？」

　光生が訊くと、川岸は、通貨の両替と同じことではないのかと答えた。

「ただ通貨と違ってゴールドには税金がかかるのと、金の売買をする会社の手数料とを引いた額が正味の買取値だってことだろうな」

「それでも一億円だぜ」

と宇津木は言って、右手を光生に突き出し握手を求めた。つられて光生は宇津木と握手しながら、

「何の握手？」

と訊いた。

「この話、俺は乗ったぜ」

宇津木が言うと、川岸も光生と握手をして、

「俺も。その持ち主は、みつけたらあんたにあげるよって約束してくれたんだ。三人でみつけよう。俺と宇津木は三千万円ずつ。斉木は四千万円。どうかな、この分け前で」

と笑顔で言った。

「お前ら、あのどこの誰ともわからない、頭がおかしいのかもしれない男の世迷言《よまいごと》を信じるのか？」

光生はあきれ顔で訊きながら、大学を卒業した年に知り合って二十一年のつき合いになるふたりの顔を見つめた。

「俺は信じるな。その男がお前に言った言葉を分析すると、その場で思いついたもんじゃないってことだけはわかるよ」

宇津木は、手帳に、男の言葉を書き写しながら言い、

「『桜の満開の時分にそこに立つと』っていうのは、そのほんの二日間か三日間でないと、ってことになるよ。これはすごく考えられた言葉だ。だって、そうでないと次の『背後から昇ってきた日の出によって長く伸びた自分の影が、正面の低い山の麓にあるたった一本きりの桜の木を覆う』って言葉にリアリティを与えないからな」

と説明した。

「どうしてだよ」

「いいか斉木、昇ってくる日の出って、厳密には日々変化するんだぜ。一月一日の日の出と四月初旬のでは、時刻も違うし、明るさも違うし、そのために、作りだす影の長さも違うだろう？　仮にお前がその場所に立ったとしても、桜の満開の時分でないと、お前の影は、正面の低い山の麓にあるたった一本きりの桜の木を覆えないよ。一月一日でも、九月一日でも、影の伸び方も、その影の位置も異なるんだ。そうだろう？」

光生はうなずき返しながら、日の出によって生じている自分の影を想像した。

「和歌山県の桜が満開になる日と、ほかの、たとえば東京とか東北とか北陸とかの桜が満

開になる日は異なるはずだよ。和歌山の低い山の麓の桜が満開になる日には、九州や四国の桜は散ってるかもしれないし、北海道じゃまだ蕾がやっと膨み始めたころかもしれない。その男は、そこに三千枚の金貨を埋める前、何か不動の目印が刻まれる場所を選んだんだ。いや、埋めてから、何か不動の目印となるものはないかと考えた。まあ、どっちにしても、そのとき、ある場所に立つと、うしろから昇ってきた日の出が作りだす自分の影が、そのたった一本きりの桜を覆うって気づいたんだ。こんな理路整然とした、矛盾のない、口からでまかせの嘘を、夜中の病院の談話室で咄嗟に思いつくか？」

宇津木が冷めてしまったコーヒーを飲むと、川岸は宇津木が書き写した文章の「そこから桜までの距離は約七百メートル。あいだには滅多に車の通らない県道と畑と田圃しかない」という箇所をボールペンの先でなぞりながら、

「広大な大平原なら、日の出は地平線から昇ってくるから、立ってる自分の影はもっと長いって考えるのが自然だろう？　つまり物理的には長さが計れないほどの低い位置に伸びる影になるから、人間の目には見えないんだ。でも、その日の出が、たとえば何かに邪魔されて遮られるわずかな時間があって、地平線よりもかなり高くに昇ってこないと背後から自分を照らさないとすれば、その光は七百メートル先の桜の木を覆う自分の影をはっきりと作りだせる。うしろに何があるのかわからないよ。家かもしれないし、山かもしれな

い。家だろうが低い山だろうが、地平線よりもかなり高く昇ってないと、七百メートル先に自分の影が生じることはないはずなんだ。ここにも矛盾はないよ。俺は学生時代に何度も山に登ったからわかるんだ。自分の目線と同じ高さにある太陽が作りだす影の長さは七百メートルどころじゃない。俺の影の頭の部分がどこなのか、遠すぎて見えないね」

光生は無言で宇津木民平と川岸知之の顔を交互に見つめ、それから訊いた。

「和歌山県だっていうだけで、どうやってその場所をみつけだそうってんだ？」

その光生の問いに、

「五十肩がこんなに痛いもんだとは知らなかったよ」

そう顔をしかめながら右肩をゆっくりと大きく廻してから、

「その男のことを調べられるだけ調べるんだ」

と宇津木は言った。

「人間てのはなァ、行き当たりばったりに、ああ、ここにしようって決めて、三千枚もの金貨を、誰の土地ともわからないところに埋めたりするもんか。必ずその男と何等かの縁があるはずだ」

するとと川岸が、

「ＭＵＲＯＹに行こう。沙都にその男のことを調べてもらうんだ」

と言い、腕時計を見た。

「俺、もうあと四、五日は酒を我慢するようにって塚口先生に釘を刺されてるんだけど」

そう言いながら、光生も自分の腕時計を見た。五時半だった。

「斉木は牛乳のサイダー割りを飲んでたらいいじゃないか。お前、あれ、好きなんだろう？」

川岸は言って立ちあがり、能楽堂の西にある三階建ての社のビルへと帰って行った。

「お前ら、本気か？」

光生は、テーブルに両手をつき、根治手術をして五日目の患部をかばいながら用心深く立ちあがった。そして喫茶店から出ると、宇津木と並んで歩きだした。能楽堂のほうからヒグラシの鳴き声が聞こえた。

「その特殊な根治手術ってのは、ほんとに十五分で終わったのか？」

光生の歩調に合わせて歩きながら、宇津木は訊いた。

「うん、きっかり十五分だったね。痛くもなんともなかったよ。肛門の真横の肉を電気メスで切り取って、肛門を貫いてる一本の蟻の巣みたいな瘻孔に新しい傷をつけるんだ。たぶん、そうしないとその孔《あな》はふさがらないんだな。でも歯を削るような細いドリルか何かでその孔に傷をつけると、人間は自力でその傷を修復するだろう？　でも、電気メスで切り取った部分の肉が再生してくるまでは、その孔に黴菌が入らないようにしとかなきゃいけない。処置を終えたあと、塚口先生は鏡に映して見せてくれながら説明してくれたんだけど、白いゴムの紐が見えただけで、それがどうなってるのか、俺にはよく見えなかったよ。ゴムの紐は、たぶん、孔に通して両端を縛ってあるんじゃないかな。三日後にそのゴムを外すんだ。ゴムを外して、自己修復力で孔の傷がくっついて、新しい肉も再生したら完治」

光生はそう説明し、

「根治手術を終えて薬を貰うために待合室で待ってたら、つばの大きなキャップを目深にかぶってサングラスをかけてる若い女が、顔を隠すように週刊誌を読んでたよ。でも、いまをときめく美人タレントだって、すぐにわかった」

と言った。

「えっ？　誰？　誰だよ」

宇津木に訊かれたが、

「言わない。俺は紳士のつもりだからな。そういう場合は、知らないふりをしとくのが紳士のたしなみというもんだ」

と光生は言って微笑んだ。

「紳士なら、塚口肛門科で、いまをときめく美人タレントを目撃したってことも黙ってろ」

宇津木も笑みを浮かべてそう言い返した。

七時にはMUROYに行けるだろうと思っていたが、社長の間宮が突然四人だけで会議をしたいと出先から連絡してきて、斉木も川岸も宇津木も間宮の帰りを待ち、それから一時間近く会議室で社長の新しいプランの是非について意見を交わしたので、MUROYのカウンター席に坐ったのは十時過ぎだった。

MUROYには、十五人が腰掛けられるカウンター席以外に、詰めれば十人近くが坐れるテーブル席があるが、そのテーブル席では客の誰かの海外転勤を祝う送別会の二次会が始まっていて、いつものMUROYらしくない騒がしさがあった。

「こんなに賑やかなのも珍しいな」

と川岸知之は言い、「牛乳とサイダーのハーフ・アンド・ハーフ」なるものを飲んでいる光生の鼻先に、自分のタンブラーを近づけた。光生の好きなスコッチ・シングルモルトのロックで、仄かに海草の香りがした。

そのシングルモルトを造るために使うピートには海草の堆積物が多く含まれているので、

ウィスキーそのものにもその香りが移っているのだ。

よほど嗅覚の鋭い者でないと嗅ぎわけられない程度の香りだが、光生は、どうかしたひょうしに感じるそのモルトの潮の匂いが好きだった。

カウンターも満席で、沙都もバーテンの桑田も一服する暇もないといった様子だった。

宇津木民平は、社を出てからずっと、金貨のことは忘れてしまったといった表情で、社長の積年の構想について考えつづけているらしく、註文した赤ワインにほとんど口をつけなかった。

間宮健之介は、福岡、大阪、京都、東京、仙台、札幌に「マミヤ・ショップ」を持ちたいのだ。

これまでは、デパートや大型書店だけが流通経路で、三年前からはネット販売も始めていたが、「マミヤ」が造るさまざまな商品だけを専門とする店は持っていなかった。

仮称「クラフト文具・マミヤ」のオープンは、創業時からマミヤの製品を置いてくれたデパートや書店と結果として競合する形となるために、独自の出店はあきらめざるを得なかった。

けれども、間宮は、福岡と大阪に、立地条件のいいテナントビルをみつけたことで、古くからの得意先の了解を得たいと考えて、まず「三銃士」の意見を求めたのだ。

福岡と大阪のテナントビルは、どちらも創業時からマミヤの製品を置いてくれたデパートや書店とは離れた場所にありながらも、交通の便も、人通りも多いところにあるという。

「間宮さんがやりたいって言いだしたら、もうきかないからな」

と川岸は言って、宇津木の背を軽く叩いた。川岸にも光生にも、宇津木が躊躇する理由がわかっていた。

自分たちが製造販売するものは、それぞれが他社のものよりも倍近い価格だといっても、所詮は文具なのだ。それも、ある種の趣味人でなければ興味を示さない。

そのような、いわば特殊な小商いで、主要都市に独自で販売店を持つことに要する経費が賄えるかどうか……。

宇津木の頭では、会議の最中から数字が入り乱れているのだ。

「まず大阪だけでやってみたらいいんだ」

と斉木光生は言った。

「間宮さんは、福岡と大阪で同時オープンってことにこだわってるけど、俺は、まず大阪でテストってのは、やってみるだけのことはあると思うね」

「いや。オープンした限りは、あっさりと撤退はできないぜ。ブランド・イメージってのはなぁ、築きあげるのは大変だけど、壊れるのは一瞬なんだ。それに、福岡だろうが大阪だろうが、マミヤが独自にショップを造って、赤字で白旗をあげたら、全国のデパートや大型書店に、それ以後ずっと首根っこをつかまれつづけることになるよ。マミヤの商売は、とんでもなくやりにくくなる」

宇津木は言って、やっと赤ワインを飲んだ。

株式会社マミヤは、創業時から、役職で呼び合わないと決めていた。入社早々の社員も、「社長」とか「常務」とか「部長」ではなく、間宮さん、宇津木さんと呼ぶ。

カウンター席の三人の客が出て行くと、それにつられるように、テーブル席の客のうちの若い女三人も『お先に』と言って帰って行った。

沙都が光生たちのところに来て、あの送別会の主賓は、この店が開店したころからの常連だったのだと小声で言った。

「あと十日で、上海に行ってしまうの。上海支社長として。姉がこの店をオープンしたときは、まだ入社五年目くらいだったの。それが上海支社千五百人のトップになって……」

「MUROYのオープンは、いつなの？」

と川岸がオンザロックのお代わりを頼みながら訊いた。

「二十年前。一九八五年の九月十日。姉が二十歳のとき」

と沙都は答えた。

「沙都さんのお姉さんは、二十歳で、こんな素敵なバーを銀座で開業したんだなァ」

川岸は感心したように言った。

「伝説の美女だったんだぜ。一度写真を見せてもらったけど、見惚れたね」

と光生は言い、病院の男のことを訊くのはもう少し客が減ってからにしようと思った。

「きょうは二〇〇五年の八月三十日。あと十日で開店二十周年じゃないか。何かお祝いしなきゃあ」

その宇津木民平の言葉に、

「うちはショット・バーなんだもん。大層なことはしないほうがいいって気がするの。ホステスさんたちがいて、チーママもいるっていう高級クラブじゃないんだもん。でも、開店時からのお客さまには、MUROYからの感謝の意を込めて、特別に誂《あつら》えたタンブラーを一個、お配りすることにしたの。もうじき出来上がってくるわ」

沙都はそう応じ返して、世界でも名だたるガラス器具メーカーの名を言った。

バーは基本的には「男の場所」なので、男の子の節句を祝う象徴である鯉のぼりを少しデフォルメしてタンブラーに刻んだという。

「鯉のぼりかァ……。いいねェ。でも俺や川岸は貰えないよね。斉木は、いつごろからこのバーに来るようになったんだ?」

宇津木の問いに、光生は、さていつごろからだろうと指折りかぞえながら計算した。

「とにかく、亡くなったあとだよ」

そう言ってから、斉木光生は、あっ、これはいい話の糸口ができたと思い、カウンターに身を乗りだすようにして、

「俺が入院したとき、俺の病室の二つ隣の病室にいた男の患者のこと、憶えてる？」

と訊いた。

「憶えてないわ。いったい何人の患者さんがあの大病院に入院してきて退院していくと思ってるの？　よっぽど思い出に残る患者さんじゃないと憶えてないわよ」

沙都はそう言って、なんとなくお開きとなりそうな気配のテーブル席に視線を移した。

「たぶん肝臓が悪かったと思うんだ。白目の部分が濃い黄土色だったよ。歳は六十過ぎ。俺のいた病室の二つ右隣の個室にいたけど、夜中に逢って少し話をして、なんか妙に気になって、翌日、その個室を覗いたら、もういなかったんだ。重症患者のための部屋に移ったんだろうな」

「病室の入口に患者さんの名札があるでしょう？　見なかったの？　せめて名前でもわかったら、ひょっとしたら憶えてるかもしれないけど……」

と沙都は言い、カウンターの奥から出て、テーブル席へと向かった。十日後に上海支社

長として赴任するという男は、カウンターのところまでやって来て、桑田に丁寧に別れの挨拶をした。

「ご予定は五年間ですよね？」

と桑田は笑顔で訊いた。

「いちおうはそういうことなんだけど、定年まで上海で飼い殺しだと思うよ」

男は笑いながら言った。

「奥さまはいつ？」

「家内は一年くらいあとから来る予定なんだよ。でも、娘も息子もまだ学生だから。留守宅は私たちでしっかり守ってるから、お母さんはさっさと上海へ行って、お父さんの面倒をみてやってくれ、なんて言われてるけど……」

桑田もカウンターの奥から出ると、男を店の外まで送った。

五年前にちらっと見ただけの名札を懸命に思い浮かべて、光生はコースターの裏に「芳沢」と書いた。苗字の下の一字である「沢」は記憶に残っていたが、小さなプラスチックの板に油性インキで書かれている上の漢字の一文字はかすれていて判読不明だったのだ。けれども、草かんむりの一字だったことは確かであるような気がした。

それで、光生はとりあえず思いつく漢字を「沢」の上につけて、「芳沢」としてみた。

テーブル席の客たちを店の外まで見送って戻って来ると、沙都と桑田はテーブルの上の片づけを始めた。

「鯉のぼりをデフォルメした図柄かァ……。誰がデザインしたんだろう。きっと、矢野さんじゃないかな」

と川岸は言った。沙都が矢野無哲という版画家の、柔らかくて簡素だが、意表をつく線を好んでいることを知っているのだ。この六十歳の銅版画家もMUROYの客だった。

「何個註文したのかわからないけど、一個かなりの値段だぜ。あそこのタンブラー・グラス、出来合いのものでも一個五万円以上もするんだからな」

そう宇津木は言い、お前には廻ってこないなと光生にからかうように囁いた。

マミヤでは、誰かが贔屓にする店には、その者に誘われないかぎり行かないという取り決めのようなものがいつのころからか出来上がっていた。

社長の間宮には、間宮がひとりになるための酒場がある。そこには、間宮に誘われないかぎり足を向けない。

川岸ひとりでよく行く店は麻布の古くて狭いショット・バーで、宇津木のそれは神楽坂のはずれにある大きな赤提灯を店先に吊るした居酒屋だった。

光生は、自分がコースターの裏に書いた「芳沢」という二文字を見つめながら、以前、川岸と宇津木を誘ってMUROYに来たのは、まだ防寒コートが必要なころだったなと思った。そして「芳沢」という漢字の横に「草沢」と「芋沢」と書き加えた。

そうしているうちに、草かんむりの漢字は多いことに気づいたが、この三つ以外、どうしても浮かんでこなかった。

「あれ？　草かんむりの漢字って、他にどんなのがある？」

光生の言葉に、川岸は「花」と答え、

「お前の娘は、二文字とも草かんむりじゃねェか」

と笑った。

「茉莉……。あ、ほんとだ。両方とも草かんむりだ」

光生は苦笑しながら、「茉沢」でもなければ「莉沢」でもないなと思った。

「葉。芸。芯。芥。芦。芽。……あっ、英語の英も草かんむりだよ」

と宇津木は言った。

「若者の若もだ。あっ、苗も」

川岸がそう言ったとき、沙都が戻って来て、光生の書いた漢字を覗き込み、

「その患者さんがどうしたの？」

と訊いた。

沙都の協力なしでは、あの男の手がかりは得られないのだから、沙都にも男の語った言葉を伝えなければならないと決めてMUROYにやって来たのだが、なんだか酒場で話せる内容ではないような気がして、光生はしばらく黙っていた。すると、光生の代わりに川岸が説明を始めた。川岸は、男の言葉をすでにパソコンのファイルにそっくりそのまま書き込んでいたのだ。

川岸がそのノート型パソコンの画面を沙都のほうに向けたとき、光生の隣の椅子に坐っていた男が、

「きょうは賑やかだったね」

と沙都に話しかけた。沙都は、男の前に行き、

「お祝い事だったもんですから。うるさくて申し訳ありませんでした」

と笑顔で言った。

「栄転で上海に単身赴任かァ……。栄転だろうが左遷だろうが、あの歳で単身赴任は大変だよ。ぼくはサラリーマンて人たちを尊敬するよ。ぼくは二十八歳のとき、北海道に転勤だって命令されて、それがいやで会社勤めを辞めちゃった人間だから、余計にそう思うのかもしれないけど」

男の言葉に、沙都は微笑を返しただけで、それに対する自分の考えは述べなかった。客

と、別の客のことを話題にしてはならないというのは、姉の遺した店の決まりのひとつだと光生は知っていた。

「久保さんにもサラリーマンの時代があったんですか？」

沙都の問いに、男はフルート・グラスに残っていたシャンパンを飲み干してから、大手の証券会社の名を口にして、

「大学を卒業して丸六年間勤めたんだ」

と言った。

光生はその五十代後半とおぼしき男とこれまで何回もＭＵＲＯＹのカウンター席で顔を合わせていたが、いったい何を生業《なりわい》としているのか、まったく見当がつかなかった。右の薬指に蜂の巣形の金の指輪をしている。その蜂の巣形の台座の真ん中に小さな翡翠が埋まっている。貴金属については無知な光生にも、その翡翠が極めて上質なものであり、台座から出ている部分よりも埋まっている部分のほうがはるかに大きいことはわかる。

奥ゆかしい使い方だとはいえ、日本人でこんなに翡翠の指輪が似合う男は滅多にいないと光生は男を見るたびに思うのだ。

そして光生は、男がシャンパン以外のものを飲んでいるのを見たことはなかった。

「こないだの日曜日、知人の息子さんの結婚披露宴に招ばれて、乾杯の音頭をとらされて

ね。それが終わって自分の席に戻ったら、ぼくの隣の席にいた外国人の女性がひどく怒ってるんだ。何を怒ってるのかとそれとなく聞き耳を立てたら、乾杯用のシャンパンが『ヴーヴ・クリコ・ポンサルダン』だったって怒ってるんだ。ヨーロッパでは、結婚式のパーティーで『ヴーヴ・クリコ』は絶対に使わない。『ヴーヴ・クリコ』の創設者のマダム・クリコは、二十七歳で未亡人になった人だからなんだって。日本流に言うと『縁起が悪い』ってことらしい。このレストランはそんなことも知らないのか、ってね。ぼくも知らなかったよ。沙都さんは知ってた？」

「いいえ。マダム・クリコがとても若くして夫を亡くした女性だってことは知ってましたけど。その女性はどこのお国のかたなんですか？」

「オーストリア人。ウイーン生まれのウイーン育ちなんだって。歳は、ぼくとおんなじくらいかな」

光生はフランス語の『Ｖｅｕｖｅ』が未亡人という意味で『ヴーヴ・クリコ・ポンサルダン』は即ち『クリコ・ポンサルダン未亡人』なのだと知っていたので、やはりそれを結婚式の披露宴で使うのは、たとえ日本であっても常識外れということになると思ったが黙っていた。

男がＭＵＲＯＹから出て行くと、

「ヴーヴって、未亡人てことだよ」

と光生は沙都に言った。沙都は小さく頷き返し、バーテンの桑田も微笑をそっと送ってきた。

沙都は知っていたが、知らなかったふりをしたのだと気づくとともに、光生は、これまでなんだかいけ好かないやつと思っていた指輪の男を見直す気持になった。見かけによらず、知ったかぶりをしない男なのだという思いだった。

「あのかた、きっとVeuveっていうフランス語を自分で調べるわ。それで、こんど店にいらっしゃったとき、『沙都さん、ヴーヴって未亡人って意味なんだね。そりゃあ結婚式の披露宴で使ったりしたら不謹慎だよなァ』って仰言《おつしや》るわ。あのかた、自分を飾らない人なの」

そう言って、沙都はあらためて川岸のパソコンの画面に見入り、川岸がファイルに打ち込んだ文章を読んだ。

「男たち三人が、探偵ごっこをやろうっていうのね」

そう言って笑い、沙都は光生がコースターの裏に書き並べた漢字も見つめた。それから、視線を宙に泳がせるようにして記憶を辿っていたが、メモ用紙を持ってくると「芹沢」と書いた。

「あっ、これだ、芹沢《せりざわ》だよ。間違いないよ」

光生は、沙都が書いた字を指差して言った。

「この患者さん、重症患者のための部屋に移って二日目くらいで亡くなったわ。斉木さんが退院した翌日じゃなかったかしら」

「この芹沢って人の住所、わかるかなァ」

宇津木の問いに、沙都は、住所なんか憶えていないし、仮に憶えていたとしても教えることはできないと答えた。

「私、もう辞めちゃったけど、芹沢さんが入院してたときは、その病院の看護師だったのよ」

「うん、そりゃそうだよな。看護師にだって守秘義務ってのがあるだろうしなァ、個人情報なんとか法ってのもあるし……」

その宇津木の言葉を受けて、川岸は声をひそめ、

「でも、そこを何とかお願いできないかと思って……」

と沙都にむかって両手を合わせた。そして、パソコンの別のファイルを開き、きょうの金相場のレートで換算した三千枚のメイプルリーフ金貨の価格を見せた。

「沙都さんの分け前、一千万円てことでどうかな」

「たったの一割？　和歌山県内でたった一本の桜の木を見つけだすための唯一の手がかりを握ってるかもしれない私への分け前が、一割なの？」

「あっ、いま、はからずも口を滑らせたな。唯一の手がかりを握ってるかもしれない、って。それはつまり、沙都さんが、この芹沢って男のことについて、かなりの情報を持ってるって自信があるからだ。だって、斉木が書いた草かんむりの漢字の羅列だけで、すぐに『芹沢』って名字が出て来たんだからな」

川岸の言葉を、沙都は笑いながら否定した。

「私が勤めてたあんな大きな病院はねェ、患者さんの出入りって凄く烈しいのよ。そんな病院の看護師なんて、ひとりひとりの患者さんのことなんか、ほとんどわかってないわよ」

「じゃあ、どうしてすぐに『芹沢』って名が出てきたの？」

光生の問いに、

「少し変わった患者さんだったから」

と沙都は答え、さらに何か言おうとしてやめた。

「芹沢って男が斉木に言った言葉を、沙都さんに見せたのは失敗だったぜ」

と宇津木はわずかな表情の変化も見逃さないといった目で沙都を見つめながら言った。

「沙都さんはなァ、いま、自分が知ってる情報と、この芹沢の言葉をつなぎ合わせて三千枚の金貨をこっそりとひとりじめしようって策を練ってるんだ」

「馬鹿ねェ。重病人の妄想を信じちゃって……。男の人って、幾つになっても、仲のいい友だちと集まると、たちまち男の子になっちゃうのね」

沙都はおかしそうに笑い、店に入ってきた三人連れの男たちがカウンター席に坐ると、その前へと移った。

第二章

十月八日の夕刻、早朝から社の車で長野、松本、高崎、大宮と得意先を廻って帰って来た川岸知之は自分のデスクに坐るより先に斉木光生のデスクに急ぎ足で近づいて、

「パキスタンで大地震があったらしいぜ」

と言った。

「パキスタンの北東部でマグニチュード七・六だってさ。イスラマバードの市内でもかなりの被害が出てて北東部のいなかのほうはイスラマバードどころじゃないみたいだって。道も連絡網もあちこちで寸断されてて、詳しいことはまだわからないらしいよ。斉木、お前がずっと旅をしてきたところじゃないのか?」

その川岸の言葉で、斉木は自分のパソコンから通信社のホームページにアクセスした。

イスラマバード市内で倒壊したビルの写真があり、震源地はパキスタン北東部とインド北

西部の国境あたりと報道されていた。

光生はその倒壊したビルに見覚えがあった。中国とパキスタンの国境は標高五千メートルのクンジュラーブ峠のてっぺんだが、パキスタンに入国するための国境検問所はそこから下ったところのススストという小さな町にある。

そのススストからイスラマバードまでを同行してくれたガイド兼通訳のハーミド・アーザムと、マイクロバスの運転手のイスハーク・アリ・ブットが所属する旅行代理店のオフィスがあるビルは、最上階だけを残して、完全に押しつぶされていた。

自分がススストから辿った道程は、フンザ、ギルギット、チラス、サイドシャリフ、ペシャワール、イスラマバードだ。フンザもギルギットも地図上ではパキスタン北西部だが、山岳部の狭い地域なので、北東部との距離の差はないに等しいし、ほとんどの民家は日干し煉瓦を積みあげただけの小さな建物で、地震には最も弱い造りなのだ。ハーミド・アーザムもイスハーク・アリ・ブットも無事なのか……。

光生は自分の名刺入れから、二人のパキスタン人の名刺を捜し出し、彼等のオフィスに国際電話をかけてみたが、まったくつながらなかった。

「そりゃあ、つながらないよな。ビルそのものが壊れちゃったんだから」

光生がパソコンの画面に見入りながら、そうひとりごちて、日本のパキスタン大使館のホームページにアクセスしようとしたとき、若い女事務員が来客を告げながら、一枚の名刺を手渡した。

「セリザワ・ファイナンス取締役常務　八尾兼六」と記されていた。

「セリザワ・ファイナンス……？」

まったく心当たりがないまま、光生は社の受付へと歩いて行きながら、まさかあの五年前の病院で顔を合わせた奇妙な男と関係があるのではあるまいなと思った。

三千枚の金貨捜しは、いつのまにか「マミヤの三銃士」のあいだでは立ち消えになってしまった。光生も、MUROYに行っても、もうその話を沙都に持ちかけることもない。日々の仕事に追われつづけているせいでもあるが、死期の迫った重病人の妄想のような言葉が真実であるかどうかを確かめる術《すべ》は、いまのところ皆無だったからだ。

受付の前にある来客用のソファに六十過ぎの身なりのいい男が腰かけていて、その横に、地味なたたずまいではあるが目つきの鋭い五十過ぎの男が立っていた。

「事前にお電話も差しあげずに突然お訪ねしてしまいまして申し訳ございません。わたくし、セリザワ・ファイナンスの八尾兼六と申します」

ソファから立ちあがって自己紹介した八尾は、自分の名を口にするとき、一語一語区切るように「ヤオケンロク」と言った。

「母親が産気づいたのが金沢の兼六園のなかだったので、兼六と名づけたそうでして」

と八尾は笑みを浮かべて説明した。

光生が、どういうご用件かと訊くと、

「斉木さんは五年前に、三日間入院なさっておりましたね」

そう八尾は訊いてから、病院の名も口にした。

「そのとき、斉木さんは夜中に芹沢由郎《よしろう》という人と何か話をしたはずです。自由の由に、太郎、次郎の郎で由郎です。芹沢さんがどんなことを斉木さんに喋ったのか……。もう五年も前のことで、お忘れになったかもしれませんが、思い出せることだけでも教えていただけないものかと思いまして」

光生は、八尾兼六の如才《じょさい》のない笑みよりも、その横に背筋を伸ばして立ったまま、相手の表情のほんの微妙な動きからでも何かを読みとらずにはおかないといった男の目つきに恐怖に似たものを感じた。

「確かに五年前、私はあの病院に三日間入院しましたが、芹沢さんというかたと話をした記憶はありませんねェ」

そう答えながら、光生はなぜ自分がそんな嘘をつかなければならないのかと思った。重病人の妄想なのだから、隠す必要はないではないか、と。

「芹沢さんが斉木さんに何かを喋りつづけてるのを聞いていた人がおりまして。小さな声だったので話の中味は聞こえなかったそうです。しかし、芹沢さんの言葉でひとつだけ『合わせて、三千枚』というのだけは、はっきり聞こえたそうでして……。いかがでしょう、記憶は少し戻りましたでしょうか？」

「戻るも戻らないも、私は芹沢という人と話をした記憶がないんです。それは本当にこの私なんでしょうか。誰か他の人と間違えていらっしゃるんじゃないかと思います」

「いや、あなたなんです。斉木光生さんに間違いないんです」

光生は少しのあいだ記憶を辿るふりをして足元に視線を落とし、それから、かぶりを振りながら、やはり自分には記憶がないと言った。

八尾兼六は突然の来訪を丁重に詫びてから去って行った。

光生は受付のところに立ったまま、二人の男を乗せて閉じられたエレベーターのドアを長いこと見つめながら、あれは死を間近にした病人の世迷言ではなかったのだと思った。芹沢由郎は真実を語ったのだ、と。

もし、八尾兼六なる人物が、目つきの鋭い男を伴って訪ねてこなかったら、俺と川岸と宇津木は、おそらくもう二度と三千枚の金貨に関する話を蒸し返すことはなかったであろうに……。

光生はそう考えながら、ふいに高揚してきた心を鎮めることができないまま、川岸のデスクが見える場所まで行った。川岸は険しい表情で書類を指差しながら若い社員に何か喋っていた。声は聞こえなかったが、川岸が部下を叱責していることはわかった。

光生は、ひとつ上のフロアにいる宇津木のデスクのところに行ったが、宇津木は不在で、スケジュールを示す大きなホワイト・ボードには「仙台出張」と書かれてあった。帰社予定はあさってだった。

自分のデスクに戻り、光生は再びパソコンの画面を見ながら、「セリザワ・ファイナンス」を検索した。

――セリザワ・ファイナンス。金融業、建築機材・厨房機材のレンタル業務を主とする。資本金五千万円。創業昭和三十三年十二月。創業者、芹沢幸太郎。代表取締役社長、八尾宗光。社員数、一百二十六名。――

本社は東京都品川区で、大阪、京都、広島に支社があるというところまではわかったが、セリザワ・ファイナンスのホームページは、ただそれだけが載っているだけで、企業が開設したホームページとしては地味で不親切すぎるものだった。

あまり健全な金融業ではないということだなと思いながら、光生はＭＵＲＯＹに電話をかけた。

「いま、セリザワ・ファイナンスって会社の常務ってのが訪ねて来たよ。五年前、病院で芹沢由郎って男からどんな話を聞いたかって……。俺が病院で夜中に芹沢と話をしてたのを見てた人がいるらしいんだ。なんだか、ぞっとしたよ。俺は、そんな人と話をした記憶はないって答えたら、あっさりと帰っちゃったけどね」

光生がそう言うと、沙都はしばらく間をおいてから、

「私のとこにも来たわ。きのうの夜、お店に」

と言った。

「重病人の妄想で探偵ごっこを始めたやつが二人増えたわけだ。六十過ぎの、会社の役員と、ボディーガードみたいな五十過ぎの薄気味の悪い、蛇の目の男」

その光生の冗談めかした言葉が終わらないうちに、

「斉木さん、しばらく私の店に来ないほうがいいわ」

と沙都は言った。

「どうして？」

「だって、五年前にあの病院で看護師をしてた女のところにまで来たのよ。ということは、あのころの芹沢由郎さんと少しでも話をした可能性のある人間を、しらみつぶしに調べてるってことになるわよ。きっと、おんなじ病院にいた患者さんのとこにも行ってるわ。私

以外の看護師や医師のところにも」

それから沙都はまた少し言い淀んでから、

「しばらくMUROYには来ないで」

と声をひそめて言った。

なんだか釈然としない思いで電話を切ると、お先に失礼します、という女の社員の声が聞こえた。もうそんな時間かと腕時計を見ると六時を少し廻っていた。

「何か俺に用だったの？」

という川岸の声で振り返り、光生は無言で自分のパソコンの画面を指差した。

セリザワ・ファイナンスの会社概要の画面に見入り、

「これがどうしたんだ？」

と川岸は訊いた。

光生は八尾兼六の名刺を見せてから、いきさつを話して聞かせた。

腕組みをして立ったまま、

「やっぱりね」

と川岸は言った。

「やっぱり、作り話じゃなかったんだ。芹沢って男、三千枚の金貨を桜の木の下に埋めたんだ。八尾兼六って男は、何かの事情でそれを知って、血まなこになって、そのありかを捜し始めたってわけだ」

そう言ってから、川岸は背広の内ポケットから三つに折り畳んだハンカチを出し、それを光生のデスクの上でひろげた。四角いビニール袋で密閉された金貨が一枚入っていた。

「1オンスのメイプルリーフ金貨だよ」

「これ、どうしたんだ？」

「きょう、金貨の売買をする会社に行って買って来たんだ。きょうの金相場の価格は四万七千円とちょっとだ。ことしの一月は四万二千円くらいだったから、十ヵ月で五千円値上がりしたことになる」

「どうして金貨を買ったんだ？」

光生の問いに、きょうは息子の三歳の誕生日で、かりに、おぎゃあと産まれた日に記念に買って、誕生日ごとに一枚ずつ買いつづけたとしたら、きょうで四枚になるなと思い、¼オンス金貨を四枚買うつもりだったが、1オンス金貨のほうが大きくて立派だし、三歳の誕生日から二十歳の誕生日まで毎年一枚ずつ買いつづけても十八枚になると考えたからだと川岸知之は説明した。

「十八枚の1オンス金貨を息子にやるのは、本当に金が必要になったときだけど、十八枚でも約八十万円だ。革の袋にでも入れて、『これはお前のために毎年一枚ずつ買いつづけてきた金貨だ。好きなように使え』って、どさっと置いてやったら、びっくりするだろうし、なんか、かっこいいだろう？　俺の親父、ただの酒飲みで、土曜日にはゴルフに行き、日曜日にはビールを飲みながらテレビのゴルフ中継を観てただけじゃないんだって見直してくれること間違いなしだよ」

光生は、意外にぶ厚くて大きな1オンスのメイプルリーフ金貨を自分の掌に載せ、その輝きに見入った。

金貨であろうと延べ板であろうと、その売買はじつに簡単なのだと川岸は言った。

「身元を証明するものを見せたらそれでいいんだよ。健康保険証とか運転免許証とか。俺より少し先にその店に入ったおっさんは、生ゴミを入れるビニール袋から百万円の束を五つ出して、延べ板を買っていったよ。俺のあとから店に入って来たばあさんは、この1オンス金貨を百枚現金に換えて行きやがった。俺なんて、たったの一枚。なんか恥かしかったよ。世の中、金のあるやつは山ほど隠れてるんだな」

そして川岸は、八尾兼六の名刺を持ち、

「怪しいぜ」

と言ってから、光生のデスク電話でその名刺に刷られている電話番号を押した。

「常務の八尾兼六さんはいらっしゃいますか？　私は内田商事の藤田と申します」

川岸は電話に出た相手にそう言った。

「ああ、そうですか。失礼いたしました。いえ、いいんです。私の間違いでしょう」

電話を切り、

「そういう名前の者は、うちの社にはいない、ってさ」

と川岸は言って、名刺を光生のデスクの上に投げた。

「お前、なんでこの名刺が嘘だってわかったんだ？」

「やり方が陳腐だよ。あまりにも図式的すぎる。二百人以上もの社員を擁する会社の役員が、自分であちこち動き廻って、五年前の芹沢由郎の言動を調べるはずないだろう。もしやるとしても、自分は動かないで、人を使うよ。こっちが訊いてもいねえのに、母親が兼六園で産気づいて産まれたので兼六と名づけましたなんて、わざわざ言うか？」

光生は川岸の勘の良さに感心しつつ、同時に自分の頭の鈍さにも嫌気がさしてきて、携帯電話を耳にあてがった。

「沙都にしらせるよ。セリザワ・ファイナンスって会社はあるけど、八尾兼六なんて役員はいないって」

すると、川岸は電話を切るよう促し、

「沙都は何かを知ってるんだ。俺はMUROYで金貨の話をしたとき、そう思ったんだ。ひょっとしたら、この名刺が嘘っぱちだってこともわかってるかもしれないぜ」

と言った。光生は電話を切った。

もし社長の間宮健之介の、人間としての最大の力が「運の良さ」だとするならば、川岸知之のそれは「勘の良さ」であろう、と光生は思った。これまでの長いつきあいのうちで、それを思い知ることが幾度もあった。そのような見方で宇津木民平を評価するならば、一も二もなく「人柄の良さ」をあげるしかない。

俺はどうだろうか。俺には何があるだろう……。

斉木光生はふとそんなことを考えながら、パソコンの電源を切り、まだ仕事をしている若い社員たちに、きょうは何時ごろ仕事が終わりそうなのかを訊いて廻った。それは、光生が自分の仕事を終えて帰ろうとする際の、この二十数年間変わらないしきたりのようなもので、助言を必要としていそうな者には、可能なかぎりの助言を与え、きょう中に片づけなければならない面倒な仕事をかかえている者には、ねぎらいの言葉をかける。そして、全員に「お先に帰らせてもらうよ」と言って社を出るのだ。

「競馬で六十五万円も儲けたんだ」

社を出て、能楽堂の横の道から明治通りへと歩きながら川岸は言った。

「馬券を買うのは年に六十レースくらいで、たいした金額を賭けるわけじゃないけど、俺はもうこれで一生馬券は買わないぞ」

「どうして？」

「勝ち逃げだ。間違えて買った馬券で、三千円が六十五万円にもなったんだぜ。柳の下のどじょうを狙ったら、その十倍損するよ。だから勝ち逃げするんだ。勝ち逃げってのは、もう二度と馬券には手を出さないってことだからな」

自分が初めて馬券を買ったのは大学三年生のときだと川岸は言った。

「学生は馬券を買っちゃいけないっていう法律があることを知らなかったんだよ。アルバイト先の先輩と一緒に場外馬券場に行って、落ちてた競馬の予想紙を見て二百円ずつ三点張りしたら、なんとそれが的中しやがった。六千二百円の配当だったよ。六百円が一万二千四百円になった。それが俺の馬券デビューだ。ビギナーズ・ラックってやつだな。それで競馬にはまっちゃって、一夏のアルバイト代が全部消えた。もうこりごりだと思って、それから十年くらい馬券は買わなかったんだけど、周りの連中が大レースのときに遊び半分で買ってたから、俺も、ダービーと菊花賞と有馬記念だけ買うようになったんだ。先週までの収支は、二百万円くらいのプラスだったよ。こないだの日曜日、女房の買い物につき合って、ついでに銀座の場外馬券場に行って……」

川岸は、単勝で三番人気、四番人気、五番人気の馬の組み合わせしか買わないのだと言った。それが何を勘違いしたのか、三―四、三―五、四―五と買ってしまったのだという。

「三番人気の馬は八番、四番人気の馬は六番、五番人気の馬は十二番だったから、六―八、六―十二、八―十二って買わなきゃいけないのに……。ところが三―五っていう馬券で、あーあ外れたと思って馬券を破りかけたら、俺の馬券には三―五っていう組み合わせがあるんだよ。三万一千六百六十円の大穴。三千円買ってたから、正確には六十四万九千八百円。だから、息子の誕生日に、1オンスのメイプルリーフ金貨を買う気になったってわけだ」

明治通りに出ると、信号を渡りかけた光生の腕をつかみ、

「買おうかどうか、凄く迷ってるものがあるんだ。一緒に見てくれないか」

と川岸は言った。

「何だよ」

「たぶん天女かなァって思うんだけど、その天女が大きな琵琶みたいな楽器を弾きながら舞ってる石の人形なんだ。石像っていうのかなァ。西暦四百五十年ごろにペシャワールで出土って説明書きが添えてあるんだ。値段は五十万円」

「天女の石像？　ペシャワールから出土したって？」

光生は、ペシャワールの昼下がりの雑踏の、耐え難い暑さを思い出しながら訊き返した。チャイ屋の少年が、熱いチャイをビニール袋に入れて出前をしていた姿が浮かび出た。ビニール袋の口は簡単に結んであるだけで、それを幾つも木の箱に入れ、頭に載せて出前先へと配達して廻るのだ。

「お前、骨董に趣味があったのか？」

と光生は意外な思いで川岸を見つめた。

「いや、骨董品なんかに興味はないよ。善し悪しもまるでわからないけど、その天女が琵琶を奏でてる石の人形の前から離れられないんだ」

「俺だって、それが本物かどうかも、美術品としての価値も、わからないぜ」

すると川岸は日本橋に店を構える古美術商の名を口にして、その道に詳しい何人かの者に訊いたところ、いい物しか扱わない著名な老舗だという評価だったと言った。

光生は、五世紀にペシャワールで出土したものなら、五十万円どころではあるまいという気がした。そのような美術品は、博物館に収蔵されるべきではないのか、と。

「詳しい人に一緒についてってもらったほうがいいよ。俺が見たって、どうにもならねえだろう」

「いや、それがべつに贋物でもいいんだ。お前があの石の人形を見てどう感じるかなんついていってくれたら、日本橋の「天松」で天麩羅を奢ると川岸は言った。そして信号を渡るとタクシーを停めた。

日本橋の大きな通りから北へ伸びる細い道の一角にある美術骨董店は、入口横のショーウィンドウに古九谷《こくたに》の小さな絵皿が三枚並べてあるだけの簡素な店構えだったが、ガラスドアから見える店内には骨董品とおぼしきものは何もなくて、畳敷きの部屋に年代物らしい木の棚があり、そこに古備前の徳利と「伎楽天女石像」が置かれてあるだけだった。

七十代半ばと思える店主は、川岸を見ると、意味不明な笑みをかすかに浮かべ、いらっしゃいましと言った。

川岸は座敷の上がり框《かまち》に腰を降ろし、伎楽天女石像を指差し、あれをまた見せていただけないかと頼んだ。

「これ、石像か？　土偶じゃないよね」

と斉木光生は川岸の耳元で言った。その光生の小声は店主に聞こえたらしく、

「ええ、石像です。土偶じゃございません。石を彫ったものです」

と言い、スケッチブックと鉛筆を持ってきて、絵を描き始めた。

光生は川岸の掌のなかの石像を見つめた。天女の丈は二十センチくらい。幅は五センチ

ほど。体長の倍もありそうな薄い衣の裾の部分は欠損していて、そこは補修されている。その部分がないと、伎楽天女は倒れてしまうのであろう。補修部分には、天女を宙に浮かぶ形に保つための木製の台がつけられている。

琵琶をかかえた天女は細面で目が細いのに、豊かな頬と高い鼻梁がきわだっている。薄衣を模して彫られた石から、奇妙な形に交叉した脚が斜めに流れるように突き出ていて、それが天を飛んでいる姿をあらわしている。

店主は、おそらく元はこのようになっていたのだと思うと言って、自分が描いた絵を見せた。

天女は一体だけではなかった。笛を吹く天女、鼓を打つ天女、笙《しょう》を吹く天女が、衣を模した石によってそれぞれ向かい合う格好でつながっていた。出土したとき、すでにそれらは衣の部分の石が割れて離れてしまっていたのだと店主は言った。

「五世紀半ばのガンダーラ地方から出土ってのは本当ですか?」

そう光生が訊くと、

「わかりません」

と店主は事もなげに答えた。

「私の手元に来たときは、そういうことになってました。五世紀から六世紀にかけてのガンダーラの仏教美術の様式からは微妙な差異があります。私は自分が気にいったので手に入れたのです。伎楽天女は絵画として表現されますが、こんな石像として彫られた例は、この時代には珍しいでしょう。私は、このかたがお越しになるたびに、そうご説明しました。これで確か五回目かと……」

光生は、少し黄色味を帯びた灰褐色の小さな石像に見入った。すると川岸は、

「買います。決めました。買います」

と言い、背広の内ポケットから封筒を出した。

店主は一瞬ためらいの色を浮かべ何か言おうとしたが、

「ありがとうございます」

と礼を述べると、伎楽天女像と封筒を持って座敷の奥の長い藍染めの暖簾をくぐって姿を消した。しばらくして、暖簾の向こうから店主の声が聞こえた。

「これが私のところに舞い込んでからちょうど三十年がたちました」

小さな伎楽天女像は桐箱に納められ、茶色の縮緬《ちりめん》の風呂敷に丁寧に包まれて川岸知之に手渡された。

川岸はそれを持つと骨董店から出て、そこから歩いて十分ほどのところにある「天松」という天麩羅屋へと歩きかけたが、

「俺、ちょっと気持を鎮めたいな。天麩羅を食う前に、アペリティフはどうだい？」

と光生に言った。

「いいけど、どこで？」

「ＭＵＲＯＹに行こうよ。上等のシャンパンとキャビアを奢るよ。シャンパンにはカスピ海のキャビアだ。いや、キャビアにはシャンパンだっていうほうが正しいかな。ヴーヴ・クリコのいちばん上等のシャンパン、ＭＵＲＯＹにあるかな」

「お前、間違い馬券で大儲けして、気が大きくなりすぎてるんじゃないのか？」

光生は携帯電話でＭＵＲＯＹの番号を出し、それを押しながら、ひやかすように笑って言った。川岸はそれには答えず、

「ヴーヴ・クリコじゃないと駄目だぜ。いまＭＵＲＯＹにあるヴーヴ・クリコのなかでいちばんいいやつ」

と言い、大通りに出てタクシーを停めた。

光生は、電話に出てきたバーテンの桑田信造に川岸の要求を伝えた。

シャンパンの値段にもピンからキリまである。うちにいまあるもののなかでピンの次く

らいはいかがかと桑田は訊いた。光生がそれを川岸に伝えると、それでいいという。

「しばらくうちにこないほうがいいって沙都は言ってたんだけどなァ……」

電話を切り、タクシーに乗ってから光生がつぶやくと、

「ああ、変な二人組か？　そいつらに教えてやったらいいじゃないか。芹沢って男がお前に喋ったことを、そっくりそのまま」

そう川岸は言って、膝に載せた風呂敷包みを持ちあげ、そっと振った。

ＭＵＲＯＹのカウンターに坐ると、沙都はフルート・グラスが冷えるまで少し待ってくれと言い、風呂敷包みに目をやって、それは何かと訊いた。

「あてたら、あげる」

川岸の言葉に、沙都は即座に「骨董品」と答えた。

「やっぱり、あげない。半分あてられたようなもんだもん。武士に二言はないけど、俺は町人だ」

慌てて自分の言葉を撤回し、川岸は風呂敷包みを解き、桐箱から伎楽天女像を出した。

頭上からの黄色い明かりが、滑らかでもなければ粗くもない石の天女像に光沢を与えた。

「俺は、おんなじ棚に置いてあった古備前の徳利に感心したよ。剛直で無骨なのに笑顔が優しい野武士って感じで……。あれも高いんだろうなァ……」

そう言ってから、光生は、自分はこれまで一度も美術骨董品というものに惹かれたことはなかったので、あの古備前の徳利を欲しいと思った自分が不思議だったとつづけた。

「そういうものに目が行く年齢に達したんですよ」

細かく削った氷を器の底に敷きつめながら、桑田は言った。

「そういうものがただの徳利にしか見えないまま、一生を終える人。あるとき、突然、ただの徳利に命のようなものを感じる人。男はこの二種類に分かれていくそうですよ。それがはっきりと感性にあらわれるのが四十歳だそうです。どっちがいい悪いの問題じゃなくてね」

「それ、どなたの説？　うちのお客さまの誰か？」

と沙都は笑みを浮かべて桑田に訊いた。桑田は笑顔でうなずき返したが、それが誰かは口にせず、

「四十にして惑わず」

と言った。

「三十にして立ち、四十にして惑わず、五十にして天命を知る。孔子はそう言ったんですが、四十にして惑わずってのは、四十代は惑うことばかりが次から次へと押し寄せてくるから気をつけるんだよっていう戒めの言葉だそうです。私は四十代は遠い彼方へと去って

いまや天命を知る年齢に入ってもう何年もたちました」

桑田は冷えたフルート・グラスを光生と川岸の前に置き、シャンパンの栓を音を立てずにあけた。

「美しい音色を奏でて天を舞う女に乾杯か？」

言った途端に、ああ、気障《きざ》だなと自己嫌悪にひたりながら、光生はフルート・グラスを伎楽天女像に掲げた。川岸は、それには何も応じ返さず、片方の手で頬杖をついたまま、乾杯をしてシャンパンを飲んだ。

光生は、どうして今夜はヴーヴ・クリコのシャンパンでなければならないのかを訊こうとしてやめた。「未亡人」という言葉とつながっているような気がしたのだ。だが、すぐに不安になってきて、

「お前、重い厄介な病気にかかったってわけじゃないだろうな」

と小声で川岸に訊いた。

「えっ？」

驚き顔で訊き返し、川岸は苦笑混じりにそれを否定してから、

「斉木は、いい勘してやがるぜ、まったく」

とつぶやいた。

「お前の勘の良さは、具体的なところを指し示すから、ただ勘がいいだけじゃなくて、なんかこう……、神がかりなところを感じるんだよ」

光生は、自分がそんなふうに思われていたことが意外だったので、

「俺の勘が神がかり的なのか？」

と訊いた。

「そう言ってるやつが社に何人もいるよ」

川岸は、ヴーヴ・クリコのラベルと伎楽天女像を指差し、このふたつを重ね合わせて、いまお前が考えたことを喋ってみてくれと言った。

「それは推理だろう。勘と論理的推理とは別物だよ」

「でも、お前は、この伎楽天女とヴーヴ・クリコが、俺の高い買い物の謎を解く鍵だって思ってるだろう？」

「勘というより、いやな予感だな。だけどその不安は外れた。お前の奥さんは当分未亡人にはならないんだから」

そう言って、光生はあらためて伎楽天女の顔を見つめた。クチャのキジル千仏洞でも、飛天と称される天女の壁画があったが、この石像の面貌は、それとはかなり異なっている。仏像特有の半眼ではないし、天を飛びながら楽器を奏でる役廻りにしては全体が丸い。お

雛さまがギターを弾きながら空を飛んでいるといった感じだ。

光生はそう思いながら、自分は「ヴーヴ・クリコでなければならない」と言った川岸の言葉に妙にこだわっただけで、それとこの天女を結びつけはしなかったと考えた。結びつくことを川岸は自分から教えてしまったのだ、と。

「これはなァ……」

光生はカスピ海産のチョウ鮫の卵をスプーンに山盛りにして口に入れながら、天女の石像を指差した。

「昔、お前が好きだった女だ。その女は別の男と結婚したけど、亭主は不治の病で死んだか、それとも、もうじき死ぬかだ」

口からでまかせを言って、光生はよく冷えたシャンパンで濃厚なキャビアを洗い流すようにして飲んだ。シャンパンのほのかな甘味を、それよりもっとほのかな苦味が際立たせた。

川岸は横目で光生を見やり、舌打ちをしてから、

「信じられないよ」

とあきれたように言った。

「えっ？　図星なのか？」

「図星も図星。ドンピシャだ」

けれども、この小さな石の伎楽天女を日本橋の骨董店でみつけたとき、女の亭主が死んだことは知らなかったのだと川岸は言った。

小学六年生のとき、近くに住んでいた一歳下の女の子が好きだった。とりたてて器量がいいわけではない。どちらかといえば地味な顔立ちで、口数も少なくて、同じ年頃の女の子のなかでも目立たないが、勉強がよくできた。

同じ中学に進んだが、自分は三年生のとき父親の転勤で福岡に引っ越したので、その子とはそれきりになってしまった。再会したのは大学生になった年だ。自分は一年浪人して東京の私立大学に入ったが、なんとその子も同じ学部に入学していたのだ。

自分も相手もすぐにそれとわかった。田川さんでしょう？　ええ、川岸さんですよね、同じ大学の同じ学部に進むなんて……。

言葉を交わしたのはそれだけ。四年間でそれだけ。

派手ではない和風の顔立ちのまま、とてもきれいになってて、品が良かった。はすっぱな女子大生が多かったから、余計に近寄りがたかった。

卒業して五年目に同窓会名簿が送られてきたが、そのときすでに姓が変わっていた。ことしの六月に、S社の社長を「天松」で接待して、銀座のクラブに場所を変えようとタクシーに乗りかけたら、その社長が「天松」の玄関で転んで立てなくなった。膝を敷石に打ちつけたのだ。

タクシーで病院に運ぼうとしたが、本人は大丈夫だと言ってきかない。それで一緒にいたS社の役員がそのタクシーに同乗して家まで送って行った。

そのタクシーを見送って、自分は「天松」から通りまで歩いた。「天松」で食事をするのは接待のときだけだったので、行きも帰りもいつもタクシーで、あの細い道を歩いたことはなかった。

骨董店のショーウィンドウに李朝の白磁の大きな壺が置いてあった。なんとなくぼんやりとその壺を見てから、入口のガラスドアの向こうをのぞき込むと、この伎楽天女と目が合ったのだ。

小学生のときのあの子にそっくりで、びっくりして……。

自分はいったん骨董店の前から離れ、大通りへと出たのだが、本当に小学生のときのあの子とそっくりなのかどうか、もっと近くで見て確かめたくなった。

そのとき、自分は十二歳のときから約三十年間も、ひとりの女に片思いをつづけてきたのだと気づいた。

いつもいつも心のどこかにあの子の面影があったというのではない。何かしたひょうしにそれは不意に浮かび出る。理由もなく浮かび出る。

決して烈しいものではない。それなのに、自分のなかに棲みつづけて消えない。

骨董店に戻って、店を閉めかけていた店主に頼んで、この身の丈二十センチほどの伎楽天女を自分の両手に載せて眺めると、小学五年生のときのあの子の顔だけでなく、その当時のさまざまな光景までもが一気に甦った。

値段を訊くと、店主はしばらく考えて、五十万円と言った。そして、この小さな石像について説明してくれた。

自分には分不相応な値段だったし、そのときは手に入れたいとは思わなかった。ただあまりにもあの子に似ていることに驚いてしまって、かえって気味悪く感じた。

けれども、二週間ほどたつと、また伎楽天女なる石像の顔を見たくなった。

それでまた骨董店に行き、もう一度見せてくれと頼んだ。二回目に手に取ったとき、天女の顔は、あの子の小学五年生のころよりも、大学生になってからの、容貌の芯を成すものを、多少デフォルメしつつ具象化しているように感じた。

そのとき、自分はこのガンダーラで出土したとされる石像を欲しいと思った。いつも自分の近くに置いておきたい。そして折に触れてその顔を見たい……。

けれども、サラリーマンの自分には自由になる五十万円という金はない。

なんだかひどくきまりが悪かったが、自分でもはっきりと聞こえるほどの深い溜息とともに天女の石像を店主に返し、無言で骨董店を出た。店主も何も言わなかった。いやな顔もしない。といって、見下すような表情などどこにもない。

三回目に骨董店のドアのところに立ったのは、暑い盛りだった。

自分はガラスドア越しに、ちらっと天女の顔だけを見ればそれでよかったのに、こんどは店主が気づいて声をかけてきた。

「ご覧になりたかったら、いつでもご遠慮なく」

と言ってくれた。

その言葉で、自分は店内に入った。店主は冷たい緑茶をガラスの器に入れて出してくれた。自分はこれまであんなにおいしい冷たい緑茶を飲んだことはない。

この器は薩摩切子《さつまきりこ》だと店主は説明してくれた。薩摩藩主の島津斉彬《なりあきら》が生きていたころのもので、当事の好事家《こうずか》には垂涎《すいぜん》の的だったが、その製法は藩の秘密だったという。切子の幾何学模様は職人の手仕事で、色のぼかしは世界でも薩摩切子だけの門外不出の技法だ、と。

そして店主は、天女の石像のことも薩摩切子のことも口にせず、とりとめのない世間話を始めた。

最近、日本のプロ野球はおもしろくない、とか、またバブルが始まりますが今度のは土地ではなく株という実体不明の紙きれです、とか……。

自分は店主の話に応じ返しながら、自分の、あの子への感情について考えた。

恋というのとは少し違う。無論、女への肉欲というものは皆無だ。それなのに、あの子を近くで見ていたい。これはいかなることであろう……。

恋とは違う。それが自分でも不思議でならなかった。

盆が過ぎてすぐに、大学時代のゼミの担当教授が亡くなった。同じゼミを受けていた友人からのしらせでお葬式に参列した。もう八十五歳で、膵臓癌だった。

そのお葬式の帰り道、何人かの友人と喫茶店に入った。すると誰かが、田川の亭主も膵臓癌だったけど、あっちはまだ四十五になったばっかりで、高校生の息子と娘がいると言った。

田川？　田川律子かと訊くと、そうだ、結婚して島尾という姓になったが、七月の末に亭主を膵臓癌で亡くしたという。酒も煙草もやらない、山歩きが趣味の、あんな健康なやつでも癌にやられた、と。

えらく詳しいなと言うと、田川の亭主は弁護士で、ちょっと訳があって、うちの社が世話になったのだが、そのとき島尾弁護士の奥さんが、田川律子だと知ったという。

そうか、夫を亡くしたのか。それもことしの七月に。まだ一ヵ月もたっていない……。

そう思いながら、友人たちと別れて、自分はまたあの骨董店に行った。九月の末にも、また行った。そしてきょう、とうとう買ってしまった。間違い馬券で思わぬ大金を得たからだが、そんなことがなくても、自分は遅かれ早かれ、この小さな伎楽天女石像を買っただろう。


いつのまにか店からいなくなっていた沙都が帰って来て、話し終えた川岸がトイレに立つと、今夜、少し時間を取ってくれないかと小声で言った。

「広瀬ってお寿司屋さんを知ってる？　ここから歩いてすぐのとこよ」

「ああ、入ったことはないけど、場所は知ってるよ」

「今夜は、私、早くお仕事を終わらせてもらうわ。食事、まだでしょう？　私がお寿司をご馳走するわ」

光生は、きっと沙都は芹沢という男について何か話があるのだろうと思った。

「天松で天麩羅を食うのは、日をあらためようよ。上等のキャビアをこんなに贅沢な食い方をしたのは初めてだから、もう満腹だよ」

戻って来た川岸にそう言うと、

「俺も満腹だ。うまいキャビアだったなァ」

と答えて、川岸は伎楽天女石像を桐箱に入れ、丁寧に風呂敷で包むと、光生を残してMUROYから出て行った。

「雨が降ってきたわよ」

と沙都は言い、傘を持って川岸のあとを追った。

しばらくして戻って来た沙都は、塚口医師と一緒だった。

白衣姿しか見たことがなかったので、光生はベージュ色のポロシャツの上に同じ色調のジャケットを着た客をすぐには塚口医師だとは気づかなかった。

「そこの通りでお会いしたの。きょうは臨時休診だから銀座にお買い物に来られて、私とばったりでくわして、仕方がないから一緒に店へのエレベーターに」

そう沙都が笑いながら言わなかったら、光生はその客が塚口医師だと気づかないまま店から出て行ってしまうところだった。

「いえいえ、ママさんと顔を合わせたから仕方なくMUROYにやって来たんじゃありませんよ。買い物を終えたら寄るつもりだったんです」

と言って、塚口医師は光生の隣に坐り、その後いかがですかと小声で訊いた。

「お陰さまで、もうなんともないです。新しい肉が盛り上がったところが、ときどきちくちくしますが……」

おそらく服を着替えるために奥の部屋に消えたのであろう沙都を、このＭＵＲＯＹで待つべきかどうか思案しながら、光生はそう答えた。

「その、ちくちくも、そのうち失くなります」

診察室での口調と同じの、ひどく長い間合いを取る話し方で塚口医師は言い、光生が初めて耳にする銘柄のスコッチ・ウィスキーを註文した。そして、最新の検査器具を入れるために診察室を改築しなければならなくなってしまったので、きょうから十日間休診するのだと説明した。

「おととい、斉木さんに紹介されたってかたが来ました」

「大岡さんですね？　十五年前に痔瘻だってわかって素人療法をして、なんとかそのままおさまってしまって、その後ずっと騙し騙ししながら今日に至ってるって言うから、そんな爆弾をかかえてないで塚口先生のところへ行け、たったの二十分弱の手術で完治だって教えたんです。痔瘻でも十五年も痛まないで、治りもせず進行もせずっていうケースがあるんですか？」

光生の問いに、塚口医師は頷き返し、そういう人もときおりいる、その爆弾の暴発は時間の問題で、瘻孔はまさに蟻の巣のようにあちこちに伸び、二十分弱の外科的処置だけではどうにもならなくなると塚口医師は言った。

「夏目漱石も痔瘻で苦しみました。そのストレスが胃に穴をあけて、大量の吐血につながったんです。松尾芭蕉も痔瘻で命を落としたんです。芭蕉の時代も漱石の時代も、抗生物質なんかありませんから、どんな治療を試みたのか……。想像するに、相当な荒療治をする以外にないと思うんです」

「荒療治って、どんな？」

「針金のようなものを火で真っ赤に焼いて、それで瘻孔を貫きます。火傷をさせるわけです。膿が溜まってる箇所はメスに似た刀でえぐり取ります。でも、それは瘻孔が一本の場合のみ有効で、何本もあったら難しいですね。その手術は大変な痛みを伴うはずです」

バーテンの桑田が、タンブラーにスコッチ・ウィスキーを注ぎながら、それとなく光生に目線で信号を送ってきた。

沙都が待っているという意味であろうと解釈して、光生は塚口医師に挨拶をするとMUROYを出た。沙都は通りを南へ少し行った四つ辻の角で待っていた。

「どこから出たの？」

「部屋の奥に裏口があるのよ。出入りの業者さんもそこを使うの」

「沙都さんもお腹減ってる？」

光生の問いに、沙都は首を横に振った。店に来る前にサンドイッチを食べて、店が終わって自分のマンションに帰り着く夜中の二時に晩ご飯をとるというリズムが出来上がってしまった。沙都は歩きながらそう言った。

「俺、どうも寿司は入りそうにないな。最高級のキャビアを腹一杯食べた、なんてことは初めてだし、シャンパンもアペリティフにしては量が多かったよ。かなり胃がもたれてるんだ」

「じゃあ、おいしいコーヒーにする？　私もそのほうがいいわ。よかった。安くついて」

沙都は「広瀬」という寿司屋がある道を曲がらず、反対側の細い道へと曲がり、ブティックの地下へと降りた。煉瓦壁の、カウンター付きのコーヒー専門店があった。

いささか大きすぎる厚手の紙製のメニューには「珈琲」とだけ漢字で書かれていて、それ以外の文字は一字もなかった。

「こういうのもメニューっていうのかねェ」

光生が小声で言うと、沙都は笑みを浮かべてコーヒーをふたつ註文し、このコーヒー専門店の創業は日露戦争が終わった翌年なのだと説明した。

その創業時から今日まで、コーヒー以外のものは出さない。ずっとそのやり方を通してきて、いまの主人の父の代のとき、いったん店を閉めて貸ビルを建てた。この地下も、貸ビルがオープンしたときは鉄板焼店だった。けれども、先代の次男坊が、自分がコーヒー店を継ぎたいと言いだして、店内を改造し、三年前に再び創業時と同じやり方の店を開業したのだという。

「俊幸さんというんだけど、ちょっと変わってるの。大学を卒業して、大阪の私立中学で国語の先生をしてたんだけど、教頭を殴って傷害罪で逮捕されて……。それで教師を辞めて、代々つづいてきたコーヒー専門店を復活させたの」

幅は狭いが奥行きのある店内では、沙都の小声は店主には聞こえないようだった。

光生はそのときやっと店の名が「三笠」であることに気づいた。

「変わってるって、教頭をぶん殴ったってこと？」

光生が訊くと、沙都は首を横に振り、

「斉木さんとおない歳で、独身で、二十年間ある人妻と恋愛関係をつづけてて、老子の研究家で、その世界では知られた存在で、中学の先生を辞めてからずっと一日も休まずにゴルフの練習をつづけてるの。でもまだ一度もゴルフ場でプレーしたことはないの。誰にどんなに誘われてもゴルフ場ではプレーしない。ただ練習だけ。十八年間、ひたすらゴルフ練習場でボールを打つだけ。一日二百球」

光生は、そういう人間を変人というのかどうかわからないまま、十八年間、一日も休まず二百球打ちつづけたら、いったい何球になるのかと思い、携帯電話を出すと、電卓になるボタンを押した。

三百六十五×二百×十八は、……百三十一万四千。

光生は自分の携帯電話の液晶画面に出た数字を沙都に見せながら、

「俺、ゴルフって、会社での接待でしかやらないから、練習なんて滅多にしないんだけど、凄い数だよね」

と言った。

「俺なんて、たまに練習場で百球も打ったら、へとへとになるよ」

「私だってそうよ」

「えっ？　沙都さん、ゴルフするの？」

「年に二回か三回。銀座にお店を持ってる人たちが作ってるゴルフの会があるの。春と秋にコンペがあって、おつきあいで参加しなきゃいけないから、ＭＵＲＯＹを継いでから、レッスン・プロについて練習したんだけど、一緒の組の人たちや、うしろの組の人たちに迷惑をかけないよう、ひたすらゴルフ場を走ってるだけ」

「ベスト・スコアは？」

「百四十二」

「勝った。俺は百二十二だ」

三笠の店主がコーヒーを運んできた。その香りに包まれた瞬間、光生は、目の前のカップに入っているコーヒーにただならぬものを感じた。香りを嗅いでいるだけで、もう充分に価値があるという気がして、店主の顔を見た。

「珍しいですね、こんな時間に」

と店主は沙都に言ってからカウンターの奥の低い椅子に坐った。すると、光生のいるところから店主の姿は見えなくなった。

「芹沢由郎さんは、私の紹介であの病院に入院したの」

と沙都は言った。

「私に芹沢さんをあの病院に入院できるようにしてくれないかって頼んだのは、私の姉なの。末期の肝臓癌で、もう打つ手がないってことは姉も芹沢さんも知ってたんだけど、それまで入院してた京都の病院から東京の病院に移ったのは、つまり、身を隠したかったからよ。斉木さんが夜中に芹沢さんの話を聞いたのは、芹沢さんが転院してから二週間目くらいだと思うわ。あのころには腹膜全体にも癌が転移してたし、他の臓器にも転移してたから、よくひとりで病室から歩いて行けたなァって思う……」

それから沙都は、姉は二十歳のときから芹沢由郎の愛人としての生活に入ったのだと言った。

「ＭＵＲＯＹの開店資金も全部芹沢さんが出したの」

「金貨を三千枚も埋めてあるってのは、沙都さんは本当だと思うか？」

光生の問いに、

「きのうまでは、あの芹沢さんならやりかねないかも、ってくらいにしか思ってなかったけど、変な男ふたりが訪ねて来てからは、あれは作り話じゃないのかもしれないって気持になっちゃった。芹沢さんは和歌山県で育ったのよ。芹沢家は京都の出身だけど、芹沢由郎さんは、いまの芹沢家を牛耳ってる一族とは母親が違うの。芹沢由郎さんのお父さんは、由郎さんを産んだ最初の奥さんと離婚したのよ。由郎さんがまだ三つか四つのころに。最初の奥さんは由郎さんをつれて郷里の和歌山に帰ったの。芹沢重光《しげみつ》さんはそのあと再婚して男の子が生まれて、次も男の子で……」

「芹沢重光ってのは、芹沢由郎のお父さんかい？」

「そう。セリザワ・ファイナンスの創業者」

一呼吸置いてから、あの芹沢一族が、一億や二億の金で、あんなに血まなこになるはずがないと沙都は言った。

「一億や二億なんて、あの一族にとったらはした金だわ。あの人たちは、お金が欲しいんじゃなくて、いつか誰かが金貨をみつけたとき、その金貨がセリザワ・ファイナンスによる裏金造りの一端だってことが警察や国税庁にばれるのが怖いのよ。だから必死で金貨を捜してるのよ。芹沢由郎さんが、もし本当に三千枚もの金貨を桜の木の下に埋めたとしたら、お金欲しさじゃなくて、その金貨と一緒に埋めたものを、いつか世の中に暴露してやろうって魂胆からじゃないかって思うの」

「そのお先棒を俺にかつがせようとしたってのか？」

「さあ、私にはそこまではわからないわ。あのとき、芹沢由郎さんは、もう正常な精神を失ってる時間のほうが多かったから」

そう言ってから、沙都は両手でかかえるようにコーヒー・カップを持ち、

「私、だんだん怖くなってきちゃって……」

とつぶやいた。

「あの二人組が？」

光生の言葉に頷き返してから、

「ていうよりも、芹沢一族が」

と言った。

「じゃあ、教えてやったらいいじゃないか。芹沢由郎が俺に喋ったお伽噺みたいな話を。

あとはあいつらが捜すだろう。俺たちはお伽噺だと思ってるから、金貨とは無関係だよ。和歌山県ていうだけで、一本の桜の木をどうやって捜せるんだよ。雲をつかむような話を本気にするつもりは毛頭ないって言ってやりゃいいよ」

その光生の言葉に、沙都は何の反応も示さなかった。そしてしばらく無言でいたのち、

「私のお姉さん、誰にも内緒で子供を産んでたの。二十二歳のときに」

と言った。

「芹沢由郎さんの子よ。でも、そのことは芹沢さんも知らなかったわ。お姉さんは、妊娠したことも隠したから。打ち明けたら、芹沢さんは堕ろせって言うのに決まってたから」

「二十二歳のときに産んだ子だったら、いまは……」

「十八」

「男？　女？」

「女の子よ」

「ＭＵＲＯＹを開店してからも、お姉さんと芹沢由郎とはつづいてたんだろう？　だとしたら、その女の子は、どこで誰が育てたんだ？」

「私たちのお母さんよ。その子にとったら、おばあちゃん。由菜《ゆうな》が生まれたとき、母は五十歳だったけど、父はその二年前に死んでたの。由菜は婚外子ってことで、戸籍上では母

の養女として入籍したの」

カップに少し残っていたコーヒーを飲み干してから、沙都はまたしばらく喫茶店の煉瓦壁を照らしている明かりに目をやり、

「私、三千枚の金貨を欲しいわ」

と自分に決意を言い聞かせるように言った。

「私はそのうちのたったの一枚の金貨も要らない。全部、由菜のもの」

そして、冗談とも本気ともつかない口調で、

「斉木さんと川岸さんと宇津木さんに、それぞれ一千万円ずつでどう？」

とかすかな笑みとともに言った。

「由菜っていう十八歳の子を見たいな。俺と川岸と宇津木の三人で。その子を見てから決めるよ」

「どうして由菜を見たいの？」

「ちゃんとした言葉遣いもできない、脳味噌がからっぽの、尻軽の、品のない、そこいらの生意気なだけのねーちゃんのために身の危険を冒すのはご免蒙りたいよ」

沙都は、やっといつもの笑みを取り戻し、

「マミヤの三銃士のおめがねにかなったら、引き受けてくれるのね？」

と訊いた。

「川岸と宇津木の承諾は得てないけどね。それに俺たちは会社勤めの身だから、宝捜しに費やせる時間も限られてて、遅々として進まないだろうけど、三人で出来る限りの知恵を絞ってみるよ。だけど、俺たちに具体的に身の危険が迫ったら、おりるよ。その可能性はなきにしもあらずって気がするからなァ。沙都さんの話から推測すると、セリザワ・ファイナンスって会社にはダーティーな背景がありそうだしね」

「ダーティーどころじゃないわ。金の亡者みたいな政治家も寄生してるし……」

「びびらせないでくれよ」

「仕立てのいい上品な背広の下に唐獅子牡丹っていう人たちもいるはずよ」

光生は、コーヒーの効果でおさまりかけていた胃のもたれがぶり返してきて、

「俺、やっぱりやめるよ。冗談じゃないよ。俺たちマミヤの三銃士に勝ちめなんてないじゃないか。おりる、絶対、おりる」

と言った。

「じゃあ、私ひとりでやるわ。川岸さんがパソコンに入れてた芹沢さんの言葉、全部記憶してるから」

沙都の言葉に、光生は、どうして由菜という十八歳の姪に大金を与えたいのかと訊いた。

「死んだ姉への恩返し。それと、あいつらをだしぬいてやりたいっていう気持も凄く強いの」

と沙都は言った。口先だけではないある種の闘志に似たものが沙都の双眸に閃いたのを、光生は何か心打たれる思いで見つめた。

「あいつらって、あの二人組かい？」

「セリザワ・ファイナンスの一族。別の言い方をすれば、世の中の金貸しっていう連中たち。庶民の虎の子をかき集めて、それを人に貸しつけて大儲けしてるやつら」

沙都は、ちょっと待っていてくれと言い、「三笠」から出て行った。

「素敵ですね、いつ見ても」

と店主が椅子から立ちあがりながら言った。

「沙都さんですか？」

光生が訊き返すと、店主は、ええと答え、

「どんな表情にも、そこはかとなく憂いがあるんですよね。亡くなったお姉さんもとびきりの美形だったけど、ああいう華やかな美しさじゃなくて、沙都さんの美しさってのは、……なんて言ったらいいのかなァ」

そう自分に問いかけるようにつぶやき、名刺を出すと光生の前に置いた。「珈琲ルーム・三笠　長谷俊幸」と印刷されていた。

光生も自分の名刺を渡し、

「三笠ってお店の名は、日露戦争のときの、日本海軍の旗艦・三笠から取ったんですか？　ロシアのバルチック艦隊と対馬海峡で戦った、あの三笠」

と訊いた。

「ええ、そうらしいです。バルチック艦隊に圧勝して日本中が沸きかえってるときに開業したから、店の名を三笠にしたんだって、私のおじいちゃんが言ってました」

長谷は言いながら光生の名刺を見て、カウンターの奥の椅子の近くから大判の手帳を持って来た。

「マミヤの手帳、マミヤのボールペン、マミヤの油性マーカー、マミヤの消しゴム付き鉛筆……。私は文房具はマミヤ党なんです」

「へえ、嬉しいなァ。まいどありがとうございます」

光生はそう言いながら、鞄から七色の色鉛筆の入った薄いアルミ製の箱を出し、それを長谷俊幸に渡した。

「新製品の見本なんです。昔からオランダの画材メーカーの特許だったんですけど、それをうちが改良して、来年の一月から売り出すんです。ナイフも鉛筆削り器も使わないで、こうやって……」

芯を木ではなく、特殊な紙で幾重にも渦状に巻いてあるその色鉛筆の先を指で破ると、ちょうど五ミリの長さの新しい芯があらわれる。

光生は、やってみせてから、

「差しあげます。お気に召したら、宣伝して下さい」

と言った。

自分とおない歳の四十三歳で、独身で、ひとりの人妻と二十年間も恋愛関係をつづけているという長谷俊幸は、そのたたずまいに、どこかふてぶてしいものを持ってはいたが、といってそれは尊大とも傲慢とも異質な何かで、無頼という表現でもあらわせない独自の気配があった。

光生はすぐに「色気」という言葉が浮かんだ。軟弱ではない色気……。

男から色気というものを感じたのは初めてだなと光生は思った。

「ゴルフ場でプレーする気はないんですか?」

そう言ってしまってから、あっ、俺はまだ悪酔いから醒めていないと、光生は自分の口の軽さに腹を立てた。

長谷は苦笑しながら、

「沙都さんが喋ったんですか？　珍しいなァ、あの口の堅い沙都さんが」

と言い、

「もう誰も誘わなくなりましたよ。こんな変人とゴルフ場でプレーしてもおもしろくないだろうって思ったんでしょうね」

不快そうな表情もせず、長谷はそうつづけた。

「ほんとに一度も芝生の上にあるボールを打ったことがないんですか？」

と光生は訊いた。

「ええ。練習場のマットの上のボールだけですね。パットの練習は、家のカーペットの上だけ」

「十八年間、ずっと？」

「ええ。正確には、あと十二日で丸十九年間ですね」

「我流で、ですか？　レッスン・プロに習いながら？」

長谷は光生が聞いたこともない男の名を口にして、その人にずっとマンツーマンで教えてもらっていると答えた。

「日本のゴルフ人口が急速に増え始めたころのトーナメント・プロで、その時代にゴルフをやってた人ならみんな知ってる選手だったんですけど、膝を痛めて引退して、ゴルフ練習場を経営したんです。その人もあきれてましたねェ。ゴルフ場でプレーをする気がまったくないやつに、俺はこうして一所懸命教えてるのか、って……」

長谷がそう言ったとき、光生の携帯電話にメールが入った。

沙都からで、店に帰ったらたくさんお客さんがやって来て、桑田さんひとりにまかせておけなくなった。後日、連絡する。

そんな意味の文章を見て、光生は、銀座に来たら、これからここでおいしいコーヒーを楽しませてもらうと長谷に言い、三笠から出て帰路についた。

十一月の最初の木曜日、斉木光生は若い社員ふたりと一緒に滋賀県の近江八幡市から車で二十分ほど京都のほうへ行ったところにあるツタニ製本の滋賀工場を訪ねた。マミヤの手帳の製作は、すべてこの製本会社に委託していて、光生は年に三回、工場に行って、製本会社の社長や、担当重役、それに現場の責任者たちと打ち合わせをすることにしていた。

今回の訪問は、ふたりの若い社員を製本会社の担当者に紹介することが主な目的だった。

これからは、光生が担っていた仕事を、ふたりの若手にまかせることに決めたのだ。

大小にかかわらず、組織というものは絶えず新陳代謝を必要とするのだから、若い社員を登用することをつねにこころがけなければならないと光生は思っている。

だが、昔気質の職人が現場を動かしているツタニ製本のような会社は、マミヤの若い社員にとっては苦手な委託先で、気心の知れた斉木光生が担当しつづけるほうが仕事は円滑に進む、という間宮健之介の判断で、引き継ぎが延び延びになってきたのだ。

工場の周辺は、滋賀の米どころらしく、平野部には田圃がひろがっている。稲の刈入れもすでに終わって、田圃のあちこちからは、籾殻《もみがら》を焼く煙が立ちのぼっていた。

ふたりの若い社員は、今夜はツタニ製本の社長の招待で、近江八幡市内にある古い料理旅館で食事をご馳走になり、その旅館に泊まって、あすの昼に東京の社に戻ることになっていた。

担当者の引き継ぎなのだから、食事の席には同席すべきだったたが、お互いが少しでも早く馴染むためには、自分はいないほうがいいと考えて、光生は夜は京都での仕事を作っておいた。

夕刻、光生はツタニ製本の工場長の運転する車で近江八幡駅まで送ってもらい、そこから電車で京都へと向かった。

「マミヤの手帳をお前らに造らせてやってるんだ、なんて思いが少しでも心にあると、相手はそんな心を一瞬にして見抜くよ。勘違いしちゃあいけない。マミヤの手帳は、ツタニ製本の腕のいい現場の人たちに造ってもらってるんだからね。商売は、持ちつ持たれつだ」

ふたりの若い社員にそう念を押して工場で別れたことに、光生は少し後悔しながら、近江平野の広大な田圃を車窓から眺め入った。

そんなことを教えておかなければ、仕事の発注元としての尊大さが出てしまうような人間を、お前は選んだのか、という自戒の思いは京都駅に着くまでつづいた。

「そういうことを別れ際に耳打ちする上司、ってのが俺は嫌いなんだよ」

京都駅の人混みのなかでひとりごちながら、光生は改札を出ると携帯電話を出した。

ことし七十歳になった相田孫七は、いかにも楽しみに待っていたというふうに電話に出てきて、

「嬉しおすなァ、ぼくのことを思い出してくれはって……」

と言った。

「相田さんのことを忘れるはずがないじゃないですか。マミヤの色鉛筆は、京都の相田孫七さんがいなければ作れなかったんですから」

光生の言葉に、相田孫七は照れ臭そうな笑いで応じ返し、四条大橋から高瀬川沿いへの小径を南に入り、高瀬川の細い流れが曲がるところまで行ったら町家の居並ぶ路地が右に延びているので、そこをまっすぐ突き当たりまで歩いてくれと言った。

「突き当たりのちょっと手前に、サッカーのボールくらいの大きさの提灯に丸だけを墨で描いて、それを軒先から吊ってる家がおます。町家みたいですけど、なかは一階がバーで、二階がおでん屋です。ぼくはその二階のおでん屋のカウンターでお待ちしとります」

「丸？　漢字の丸ですか？」

「いやいや、マルとバツのマルですがな。線で丸を描いて『月屋』と読ましよるんです。よう見ると、〇の下にちっちゃい字で屋と書いてあります。丸屋やおまへんねん。月屋ですねん」

光生はＪＲの京都駅からタクシーに乗り、四条大橋のたもとで降りると、運転手に、高瀬川沿いの道に入るにはどう行ったらいいのかを教えてもらった。

中学三年生のとき、森鷗外の「高瀬舟」という小説を読んでその感想文を書いていくのが夏休みの宿題として出されたので、光生は高瀬川はもっと大きな川だと思い込んでしまっていた。けれども、京都の町中を流れる高瀬川は、小川、もしくは疎水と呼んだほうがよさそうな細くて浅いものだった。

「これが高瀬川？　あれっ？　鷗外の『高瀬舟』って、この川を下って行ったんじゃなかったっけ？　あれっ？　下ったんじゃなくて上ったのかなァ……」

高瀬川の流れに目をやったまま、料理屋の並ぶ道を歩いて行き、光生は相田孫七の教えてくれた路地に入った。薄墨で一筆で描かれた○が小さな提灯の明かりに浮かんでいて、確かにその下に「屋」という漢字がピンポン玉くらいの大きさで添えてあった。

木の格子の引き戸をあけると、藍染めの暖簾がバーと二階への階段とを仕切っている。その暖簾の隙間からバーの様子を見ると、八畳ほどの和室になっていた。客は、履き物を脱いで座敷にあがり、カウンターの前の座布団に坐って酒を飲んでいる。聞こえるか聞こえないかの音量で、マイルス・デイビスのトランペットが流れている。マイルスの若いころの演奏だった。

「これがマイルスだよな。晩年のは俺には苦しい」

光生はそうつぶやき、相田孫七の待つ二階のおでん屋に行く前に、このバーでダイキリを飲みたいと思った。しかし、相田孫七は、約束の時間の十五分前には必ず来ている人なのだ。

木の階段をのぼると、二階のおでん屋も座敷になっていて、カウンターの向こうに白い割烹着を着た男が河豚《ふぐ》の白子を焼きながら、相田と会話していた。

「無茶言うたらあかんでェ。いまの時季に天然のトラフグを手に入れるのも難しいのに、この白子はちっちゃすぎるなんて、文句言わんとき」

「わしは白子の刺身を食べたかったんや。トラフグの白子の薄造りをどっさりと」

そう言ってから相田孫七は人の気配に振り向いて、光生と目が合うと、あぐらをかいていた脚をゆっくりと伸ばしたあと、正座して丁寧に頭を下げて挨拶をした。

光生も無沙汰を詫び、三年前に逢ったときとまったく変わらない相田孫七の血色のいい、ふくよかな顔を見つめて、

「年々、お若くなっていってらっしゃるんじゃありませんか？　七十歳には見えませんよ。どう見ても五十七、八歳ですね」

と言った。

「なんぼなんでも、それは若う見えすぎですなァ。若く見えすぎるのも不健康です」

そう言って、相田孫七は笑い、この店のあるじとおぼしき割烹着の男を、自分の長男だと紹介した。

「えっ？　じゃあこのお店は相田さんの息子さんが経営なさってるんですか？」

「ここは、もともとは私の父が戦前に買うたもので、私も息子も、この家で育ちましたんや。そやけど、京都のこういう古い町家は、夏は暑い、冬は寒い、家のなかの話し声はどの部屋にも筒抜け。だんだん住みにくうなってきまして……。それでこの長男が、住むのはマンションにして、ここに店を作りたいと言いだしよりまして。おととし、下のバーを先に開店して、ことしの一月からこの二階におでん屋を開きましたんです」

相田孫七がそう説明しているとき、光生と同年齢らしき息子が名刺を持ってきた。「バー&おでん　月屋・相田春彦」と印刷されてあった。

「おでんにはコップ酒でっせ」

相田孫七は言って、息子に酒の燗をさせた。

「お口に合うかどうかはわかりませんが、この店のおでんのタネは、みんな息子が作りますねん。チクワもごぼ天も蒲鉾もはんぺんも、鮮度のええ魚の身を擂《す》って、蒸したり焼いたりして、こいつが作ります。そやから、防腐剤とか防黴剤とか、着色剤、それに増粘剤なんかは一切使うてません。化学調味料なんか、もってのほか。魚の小骨も丹念に叩いて擂りつぶしてありますよってに栄養満点です」

「じゃあ、ぼくはチクワとコンニャクとハンペンと……」

光生はそう言って、カウンターの向こう側にある大きな四角いおでん鍋を覗き込んだ。

「あっ、蛸《たこ》があるなァ。それもください」

と頼んだ。

相田家は、孫七の曽祖父の代から京都の東山区で「相田招栄堂」という画材店を営んできた。その店は孫七の兄が継いだが、孫七は大学を出たあと日本で最もシェアーを持つ鉛筆メーカーに入社し、その技術部門一筋に定年まで勤め、兄の死後、跡を引き継いだ。

孫七の兄には娘がふたりいたが、どちらも画材とはまったく無関係な仕事についている男と結婚したので、「相田招栄堂」は孫七が継ぐしかなくなったのだ。

光生は、息子さんが「月屋」の主人となってしまって「相田招栄堂」はどうなるのかと訊いた。

「次男が継ぎます。もう店は次男が社長になって、いま一所懸命、画材の勉強をやってます。画材とひとくちに申しましても、日本画、洋画、書……。その世界その世界で、もう山ほどおますさかい」

孫七の長男は、燗をした酒と焼いたトラフグの白子を先に出してくれた。

「可愛らしい白子やなァ。ひとくちで終わりやがな」

孫七は文句を言いながら、いい焼き加減の白子を食べた。

「お父ちゃんには、このくらいの量がちょうどええねん。フグの白子はコレステロールの塊やで」

相田春彦は父親にそう言いながら、光生を見て苦笑した。

間宮健之介が、どうしても自社の店を京都でも持ちたがっているのだと光生は用件を切り出した。

「マミヤのファンが京都に多いんです。これはここ十年の顧客調査で不動の一位です。大阪に店を出すよりも、ほんとは京都を一号店にしたいというのが間宮の本音でして」

そして、光生はマミヤの製品を扱ってくれているデパートと文具店の所在地を口にした。

「デパートは河原町。文具店は二軒で、左京区と中京区《なかぎょう》です。その三軒の商売に邪魔にならない場所で、マミヤの文具ショップの採算が取れる地域に店を持つとしたら、どこがいいですか」

光生の相談に、相田孫七は即座に答えた。

「室町のどこかに古い町家を一軒買いなはれ。京都の町家にちょっと手を入れて、そこを京都店にするんです」

「家を一軒ですか？」

「買わんでも、借りてもよろしいがな。この家とおんなじように親から譲り受けたけど、住みにくうなって始末に困ってる人がぎょうさんいてます。そやけど、京都の町家は残さなあきまへん。京都の文化を作ってるのは、寺や神社だけやおまへんねん」

「室町は中京区ですねェ」

「中京区やけど、マミヤの製品を店に置いてくれてる文房具店からは大通りふたつほど離れてまっせ。ぼくには、二、三軒、心当たりがおます」

「京都の町家ねェ……。考えもしなかったですねェ、ぼくも間宮も」

と言い、光生はコップに注がれたぬる燗の酒を飲んだ。半分ほど飲んでから、コップ酒はやはり冷やだなと思い、光生はそれを口にした。すると、相田春彦はすぐにぬる燗の酒の入っているコップを下げてくれて、新しいコップに冷や酒をついだ。

「京都の町家っちゅうのは、建ったころはまだ地球の温暖化なんて考えもせんかったし、家のなかで使う電気製品も、せいぜい電球と扇風機と真空管式のラジオくらいのもんやったんです。勿論、トイレも水洗やおまへん。それが、戦後になって、各家庭もテレビとか電気洗濯機とか電気冷蔵庫なんかを使うようになり、そのうち、もうありとあらゆる電気製品が家のなかに溢れかえりだしよって……。建てたときの水回りの設備も電気のワット数も配線も追いつかんようになったんです。京都は、夏は蒸し暑い、冬は底冷えがするっちゅうところですけど、町家にはそれをやわらげるいろんな工夫がありました。そやけど、もうそれでは暑さ寒さに対応でけへんようになってしもうて、向こう三軒両隣ぜーんぶ冷暖房機を取り付けんとあかん。その室外機からの熱風で、家の中庭の木は枯れる、苔も枯れる……。町家独特の良さが根底から崩れてしもうたんです」

相田孫七がさらに話をつづけようとしたとき、光生の背広の内ポケットに入れてある携帯電話が鳴った。

マナー・モードにしておくのを忘れたなと思いながら、液晶画面を見ると、室井沙都からだった。

十月に銀座の「三笠」で別れて以来逢っていなかったし、沙都からも連絡はなかったので、

「失礼。すぐ切りますので」

と光生は相田孫七に言って、電話に出た。

「あした、時間を作ってくれない？　姉の娘に逢わせるわ」

と沙都は言った。よほど人の多い場所からの電話らしく、沙都の声は聞き取りにくかった。

「あしたは、何時に社を出られるかわからないなァ。少々遅くなってもいい？　いま仕事で京都にいるんだ。今夜の最終の新幹線で帰る予定だったけど、仕事はあしたの昼まで持ち越しそうなんだ。だから今夜は京都に泊まることになるよ」

そう言いながら、間宮健之介はきっと京都店を京都の町家のなかに作ることに乗り気になるだろうという自分の勘は外れないと光生は確信した。だから、あしたの昼、相田孫七の心当たりの町家を見に行こうと決めてしまったのだ。

「京都？　京都のどこにいるの？　いまお仕事中？」

「うん、仕事中。といっても、高瀬川の近くのおでん屋さんにいるんだけどね」

「私、いま京都駅から電話をかけてるの」

と沙都は言った。京都駅の改札口からタクシー乗り場へと歩いている最中だという。

「えっ？　今夜の予定は？」

光生が訊くと、沙都は母親のマンションへ行き、姉の娘をつれてどこかで食事をするつもりだと答えた。

「姉の娘って、例の女子高生？」

「そうよ。久しぶりにお母さんの顔も見たいし」

「俺がおいしいおでんをご馳走するよ。お姉さんの娘さんと一緒にこないか？　仕事は、きょうはもう終わりなんだ」

そう言って相田孫七に顔を向けると、相田は無言で頷きながら小指を立てて、相手は女かというような表情を作った。

「おでんかァ……。由菜はもっと違うものが食べたいんじゃないかしら。訊いてみないと」

沙都は、すぐにかけ直すと言って電話を切った。

そうか、沙都の母親は娘の遺児と京都で暮らしているのかと思いながら、光生は、あした中京区室町の、その心当たりの町家につれて行ってはもらえないかと相田孫七に頼んでみた。

「よろしおっせ。今晩、電話しときます。心当たりの三軒のうちの二軒は、いまは空家ですけど、持ち主は市内でマンション住まいやから、鍵を持って来てくれますやろ」

ジャケットの胸ポケットから手帳を出すと、相田孫七は息子の春彦に電話を持って来てくれと言った。

「お父ちゃんも携帯電話くらい持ったらどうやねんな。便利やでェ」

春彦はそう言いながら店の電話を父親に渡した。相田孫七が町家の持ち主と話しているとき、沙都からまた電話がかかってきた。

「おでん、食べたいって」

笑いを含んだ声で言い、沙都は場所を訊いた。

「俺が教えるより、お店のご主人に説明してもらうよ。そのほうがわかりやすいからね」

そう言って、光生は自分の携帯電話を相田春彦に渡した。

トイレに行ったものとばかり思っていたが、相田孫七は席を外したまま戻ってこなかった。カウンターの上には、手帳から破り取った紙に「一時にこの店の前でお待ちします。今夜は私にご馳走させて下さい。お相手の女性の分もご遠慮なく」と書かれてある。

「お父さん、帰っちゃったんですか？　河豚の白子を一切れと、おでんの大根を食べただ

した。

芸妓をふたり伴った老人がやって来て、光生の隣に坐り、若手の歌舞伎役者の名を口にした。

その光生の言葉に、相田春彦は笑顔で応じ返し、父親のコップ酒と皿を片づけた。

けで？　そんな気を利かしていただかなきゃあいけない相手じゃないんですよ」


「まだあいつに先代萩の『仁木弾正《にっきだんじょう》』は無理やな。あいつの親父も迫力なかったけど、息子はもっと大根や。観てられへんかったで」

予約してあったらしく、相田春彦は冷やしておいた白ワインとワイングラスをその三人の前に並べながら、

「『床下』の仁木弾正は難しい役です。とにかくセリフがひとこともおまへんねんから」

と言った。

沙都には日本酒よりも白ワインのほうがいいだろうと考え、光生はそのワインはまだあるかと訊き、さらに小声で値段も訊いた。

「きょうは斉木さんは孫七さんのお客さまですよってに」

と答え、この白ワインはあと三本あると言った。

「そのうちの一本は、私が予約しとります」

老人が言った。その言い方がおかしくて、光生は、自分たちは一本で充分だと思うと言

い返した。

「こいつら、酒を飲むしか芸のない芸妓やから、こんな上等のワインは飲まさんでもええんやけど、昼間、芝居見物につき合わせたから、お前ら、缶チューハイにしとけっちゅうわけにもいきまへんのや」

その老人の言葉で、ふたりの芸妓は笑い、おどけた仕草で老人の頭を軽く叩いた。

「社長、あの唐津の猪口《ちょこ》、やっぱり買うのんやめました」

白ワインの栓を抜いてから、相田春彦は言った。社長と呼ばれた老人は、

「そうか、縁がなかったんやな」

と微笑みながら応じ返し、グラスに注がれたワインの香りを嗅いだ。

「というよりも、ぼくには手強すぎます。持った手が、あの猪口に負けますねん」

「ああ、そういう感じ方もあるなァ。春ちゃんほどの目利きがそう感じたんなら、あの唐津、正体はゲテモンかもしれんなァ」

「あしたかあさって、お返しにあがります」

「そんなに慌てて返しにこんでも……。しばらく側に置いとき。返すのは見飽きてからでええがな」

ふたりの会話から、光生は老人が美術骨董品を扱う仕事をしていることを知った。日本

橋の美術骨董品店で出会った古備前の徳利のたたずまいが甦り、光生は自分の右手を目の位置に動かして見つめた。自分の手も、あの徳利に負けそうな気がした。

沙都と姪の由菜が「月屋」にやって来たのは、それから四十分ほどたってからだった。

室井沙都は、なんだか照れ臭そうに姪の由菜を紹介し、

「たった一着きりのお出かけ用の服なの」

と言って、由菜の着ているベージュ色のワンピースを指差した。金色の鎖状のベルトの部分だけがお洒落着としての華やぎでしかない地味なデザインだったが、それすらも十八歳の女子高生には余計な装飾だと感じられるほどに華やかなものを持つ由菜は、

「こんばんは。初めまして」

と挨拶すると、カウンター席に並んで坐っているふたりの芸妓に好奇な視線を向けた。

京都に住んでいて、祇園や先斗町《ぽんとちょう》の道筋でお座敷へと向かう芸妓や舞妓とすれちがうことはあっても、こんなに近くで目にするのは初めてなのであろうと光生は思った。

なんでも好きなものを遠慮なく註文してくれとふたりに言ってから、光生は今夜は相田孫七の奢りなのだと気づき、月屋の主人に申し訳なさそうに微笑みかけた。

相田春彦は光生の気持を見透かしたように笑みを返し、

「お好きなもんをどんどん召しあがっておくれやす」

と言いながら、先付《さきづけ》の小鉢を置いた。揚げ湯葉と鶏のしんじょだという。

「受験勉強、いまが一番しんどいときですね。気ばかり焦って、不安で不安で。もうぼくは受験勉強なんて二度といやだなァ」

光生の言葉に、

「二年前から京都大学の学生さんが週に三日家庭教師で来てくれるようになって、勉強のやり方がわかったんです。それから受験勉強が楽しくなりました」

と由菜は言った。

「それは頼もしい言葉だなァ。もう合格したも一緒ですよ。ぼくなんか一浪したのに、勉強のやり方なんて、ついにわからないままでしたからねェ。うちの社長なんて、息子さんが大学に合格したとき、『仰げば尊し、家庭教師の恩』なんて本気で言ってました。あそこは現役の東大生だったなァ。それも数学とかの理科系が得意な学生と英語や国語が得意な学生の二人をつけたから」

「絶対に、いい大学に行くのよ、っていうのが、由菜のお母さんの最期の言葉だったの。それってつまり遺言とおんなじだから、この子も本気になっちゃって」

と沙都は言い、月屋の主人が注いでくれた白ワインの香りを嗅いでから、それを口に含んだ。

「おいしい。こんなにはっきりと葡萄の香りがひろがるのにしっかり熟成されてる白ワインなんて、私、初めてです」

その沙都の言葉で、月屋の主人はラベルを見せ、最近のカリフォルニア・ワインには、とんでもない逸品があるのだと言い、銘柄を紙に書いた。

「こちらのお嬢さんにはお勧めしたらあかんようですね」

「うん、十八歳の受験生だからね」

すると隣の老人が、

「お前らの半分の歳やがな」

と芸妓に笑いながら言った。

「半分とちがいますえ。十歳の差だけどす」

ふたりの芸妓は同時に言い返し、お互い顔を指差し合って、

「嘘つき」

と言いながら笑った。

由菜は、シルクロードの旅をなさったそうだが、どんなルートを辿ったのかと光生に訊き、それから、最も心に残っているのは何かと問うた。

光生は、クチャからキジル千仏洞への道での出来事を語ろうと思ったが、長いひとり語

りになってしまいそうだったので、

「砂漠に消えて行く青年の姿ですね」

と答えた。

「いわゆる西域《せいいき》北道というところに入ると、延々とゴビ灘《たん》がつづきます。そこを一本のハイウェイが走ってる。ハイウェイといっても、日本の高速道路のような道じゃないんです。ゴビ灘のなかに造られた、あちこちが陥没したり、波打ったりしてる長い長いアスファルト道で、道路の表面は夏は摂氏八十度にもなります。日本人はゴビ砂漠と言いますが正確にはゴビ灘です。砂漠と灘とはまったく別物です。細かな、さらさらの砂が波紋を作ってるのはタクラマカン砂漠で、ゴビ灘は表面だけを見ると固い土のように見えます。でも、そう思って一歩足を踏み入れると、ずぶずぶっとくるぶしあたりまで埋まってしまう泥と瓦礫の集積なんです。ぼくが見たのは、四方八方、ただゴビ灘しかないところを、アスファルト道に背を向けて歩きつづけていくひとりの青年です」

斉木光生は、ワイングラスを持ったまま、そう前置きして話し始めた。

それが西域北道のどこだったのか忘れた。たぶんトルファンからアクスへと向かう道の途中だったのではないかと思う。

その日は風が強く、砂塵で視界が悪かった。腕時計に付いている寒暖計は摂氏四十五度を示し、湿度は五パーセントしかなかった。

ゴビ灘には、この地方で往古から「沙竜」と呼ばれる小さな竜巻が七つも八つも生じて、それが少しずつ自分の乗っている小型のマイクロバスのほうへと近づいて来ていた。

あれほどの酷暑の地でも、人々が決して半袖の服を着ないのは、乾燥による脱水症状を恐れるだけではない。突然の砂嵐から皮膚を守るためでもある。砂嵐で飛んでくる無数の砂粒は、まるで針の付いた吹き矢のように肌を刺し、その痛みで失神する人もいるほどなのだ。

だが、その日の風は、砂嵐には程遠いただの強風にすぎなかったので、はるか彼方には蜃気楼が生じていた。ゴビ灘の地平線の上に巨大な森林が浮かんでいるのだ。

誰が目を凝らして見つめても、それは色鮮やかな森林なのだ。百人が百人、騙されるに違いない。

自分も最初の三日間は、ああ、あそこに豊かなオアシスがあると信じて疑わなかった。同行してくれたガイドに「あれは蜃気楼です」と教えられても、逆に、こいつの目はおかしいのではないかと思ったほどだ。けれども三日も蜃気楼を見ていると、やはりあれは何かの自然現象による幻なのだとわかるようになってくる。旅人の自分でさえそうなのだから、その地域に生まれ育った人間が騙されるはずはない。

自分はいまでも蜃気楼というものの不思議さについてさまざまな考えを巡らせてしまう。なぜ、高層ビル群の形ではないのか。なぜ峰々の連なりではないのか。なぜ送電線や風車の居並びではないのか……。なぜゴビ灘の地平線には森林が浮かびあがるのか……。蜃気楼という自然現象がそこにいる人々の渇仰してやまないものを造形するとしたら、宇宙そのものに感情があるとしか思えないのだ。

それはともかくとして、自分はきょうこそあの竜巻に襲われるかもしれないと案じながら、いつのまにか十二個に増えた「沙竜」の渦巻状の砂塵を見ていた。

すると、竜巻と竜巻のあいだに人のうしろ姿が見えた。自分のいるところから百メートルも離れていなかった。くすんだ青い作業服のようなものを着て、ひたすらゴビ灘の彼方へと歩きつづけている。踵を蹴りあげるような元気な歩き方と、ちらっと見えた横顔で、自分にはそれが二十歳そこそこのウイグル人の男であることがわかった。

いったい、あの青年はどこへ行こうとしているのであろう。自分はそう思い、地図を拡げて、ここはどのあたりかとガイドに訊いた。ガイドはマイクロバスの運転手に車を停めさせて地図を見せた。運転手は、地図の一点を指差し、たぶんこのあたりだと言った。

そこから今夜の宿舎があるオアシスの町まで、あと二百キロの地点だった。それ以外にオアシスはない。青年が歩を進めている方向にはオアシスどころか山も谷もない。その先三百キロのところでゴビ灘はタクラマカン砂漠と混ざり合うのだ。勿論、小さな集落ひとつ存在不可能な地であることは自分にもわかった。

自分は、青年を指差して、ガイドと運転手に、彼はどこへ行こうとしているのだろうと訊いた。訊かれても答えようがないことは百も承知していたが、訊かずにはいられなかった。

ガイドも運転手も首をかしげ、無言で青年のうしろ姿を見つめつづけるばかりだった。青年はやがてひとつの点になり、地平線と蜃気楼のあいだにある空間のなかに消えていった。幾つかの竜巻は、停まっているマイクロバスを追い越してアスファルト道を横切り、ゴビ灘の北側へと移動し、青年が消えたところから新たな竜巻が、それもさっきのよりも大きなのが五つ生まれて、こちらに向かって来ていた。

「それだけです」

と光生は言って、話を終えた。

えっ？　それで終わり？　そう訊かれるだろうと思っていたが、沙都も由菜もしばらく言葉を発しなかった。

十八歳の由菜は、軽く塩を振っただけの揚げ湯葉を箸で挟んだまま、目だけ天井のほうに向けて物思いにふけるような表情をつづけた。その無防備すぎる顔は、一度写真で見ただけの母親に似ていたが、見ようによっては沙都にも似ていた。

この子の母親と沙都は姉妹なのだから、どっちに似ていても不思議ではないのだと考えながら、光生は夜中の病院でつかのま言葉を交わした芹沢由郎の顔を思い浮かべようとした。しかし、黄色い白目の部分と、顔の形のおぼろな輪郭以外、何も思い出せなかった。

「今晩、寝られへんかも……」

と由菜が言った。

「どうして？」

と沙都に笑顔で訊かれて、

「その人のあとをずうっと尾《つ》けて行く自分を空想しつづけると思うねん」

そう由菜は言って、やっとおでんを註文した。ごぼう天、蛸、大根、牛スジ……。

さらに何か註文しようと、大きくてぶ厚い長方形のおでん鍋を覗き込み、こぶし大の巾着に目を留めて、

「これも」

と由菜が言うと、月屋の主人は、これはぜひ「シメ」に召し上がってもらいたいという。

巾着のなかにはご飯半膳分に相当する餅が入っているのだが、その餅には、ギンナンと、同じ大きさに切ったレンコン、それに鯨の尾の身とコロが混ぜてあるのだ、と。

「調査捕鯨で日本に割り当てられた鯨です。コロっちゅうのは、皮の下の脂肪の部分で、こくのあるええ味を出します」

月屋の主人がそう説明すると、美術骨董商とおぼしき老人が、

「これはうまいです。ぼくはこれを食べるために、他のおでんネタを控えますねん」

と言った。

ならば三人とも最後はこの特製の巾着にしようと決めて、光生は魚の身も骨もすべて叩きに叩いて練り込んであるというごぼう天を食べた。京都らしい薄味の、けれども確かに細かく叩いた骨の滋養までもが渾然と染み込んだうまさだった。

「もうひとつ忘れられないのは、フンザの夜ですね」

と光生は言った。

「フンザは、パキスタン北西部のカラコルム山系のなかにある小さな村です。世界最後の桃源郷と言われてて、その名のとおり、桃の花が咲き、あんずの実をつけた大木があちこちにあり、人も山羊も同じ屋根の下で暮らし、百歳以上の老人が元気に鋤や鍬で畑を耕している美しい村です」

話し始めた瞬間、光生はたちまちフンザの星空の下に坐っている心持ちになった。

フンザは、かつては小さいながらも独立した王国だった。フンザ人がいかなる民族なのかよくわかっていないという。とにかく中央アジアのさまざまな民族の血が混ざり合っている。

アレキサンダー大王の遠征路にフンザもあったとすれば、当然ギリシャの血も入っているはずだ。古代ソグド系、トルコ系、ペルシャ系、アーリア系、イラン系……。ひょっとしたら、シルクロードにまぎれ込んだ白系ロシアの血も混じっているであろう。

フンザの人々の容貌を目にすると、広大なユーラシア大陸の幾多の民族の血の結晶というものを感じる。

だがフンザ王国は長いあいだ、険難なカラコルム渓谷のなかに閉ざされて、その正体が分明《ぶんみよう》ではなかった。

カラコルム渓谷には七千メートル級の峰々がつらなっている。現地の人々にとって「山」とは七千メートル以上のものであって、それよりも低いのは「山」ではない。少し高い丘だという笑い話もあるほどだ。

それら「山」のなかでも名峰とされるラカポシ、ウルタル、ディランの三つの山をトライアングルとするその真ん中にフンザはある。

だから天気のいい日は、常に三つの名峰が何にさえぎられることなく夜が明けるころから日が落ちるまで間近に眺めることができる。

自分が泊まったのはヒルトップ・ホテル。部屋数はせいぜい十七、八。シャワー付きでちゃんと湯が出る。部屋には電灯があるが、夜になると宿泊客の多くはそれを用いず、ベッドサイドの蠟燭に火をつける。そうすれば、部屋の窓からすさまじい数の星々の輝きを楽しめるからだ。

ホテルの二階にはレストランがあって、客はみなそこで食事をする。テレビがひとつあって衛星放送だけ受信できるが、客は誰もテレビを観ない。テレビを観る時間が惜しいほどに、フンザの夜景は美しいからだ。

二階のテラスに坐り、チャイと呼ばれるミルクティーを飲みながら、時間を忘れて星を見あげ、ときに視線を眼下に投じると、石と土とで造られた小さな民家の明かりもまた星々であるかのような錯覚に陥る。

このままずっと星々を見ていたいという誘惑を断ち切って、自分の部屋に戻り、ベッドに横たわるころ、どこか遠くから腹に響くような音が聞こえる。

一時間に一度しか聞こえないときもあれば、わずか十分ほどのあいだに五回も六回も聞こえるときがある。

ある音は西の方から。別の音は北のほうから。また別の音は東西南北のどこからなのかまったくわからない……。

最初の夜、自分はそれがいったい何の音かわからず、蠟燭も消した真っ暗な部屋のベッドで目を閉じたまま、まさかこんな夜中に採掘会社がどこかの山にダイナマイトを仕掛けて作業をしているはずはあるまいと考えた。

それで、その音の正体を知ろうと耳を澄ましつづけた。そうしているうちに深い眠りに落ちた。フンザは人々に深い眠りをもたらす地でもある。なんだか深い眠りへと誘う幻術にかけられたような眠りは、自分たちが生きているこの日本では到底経験することのできないものなのだ。

翌日、自分はホテルのボーイに、あの遠くからの腹に響くような音は何なのかと訊いた。ボーイは事もなげに「雪崩」と答えた。

遠くの峰々のどこかで雪崩が生じて、その音がカラコルム山系に谺《こだま》して、このフンザに届いて来るのだ、と。

雪崩？　あの登山家たちを一瞬にして死に至らしめる狂暴な雪崩が、一晩にあれほど頻繁にあちこちで生じているのか？

自分は虚を衝かれた思いで、三つの名峰を見あげ、今夜は心を澄ませて、はるか彼方の雪崩の音に聴き入ろうと決めた。

だが自分は、その夜、ベッドに入る前に奇妙な体験をした。

夜のテラスには、フランス人の中年の夫婦とドイツ人の若者三人が椅子に坐って星を眺めていた。テラスには椅子が五つしかなかったので、自分は星々に見入ることをあきらめてシャワーを浴び、チャイを部屋に持って来て飲みながら、友人たちに絵葉書を書いた。部屋の窓からは眼下の民家の明かりが見えていた。

それもまたフンザにあっては星々と呼ばれてもいい……。自分はそう思い、民家の明かりに見入った。電球の明かりもあればランプの明かりもある。いずれであっても、それらは必要最小限のもので、日本の家々のような過剰な光ではなかった。ときおり間の抜けた山羊の鳴き声が聞こえた。山羊も寝言を言うのだなと自分は思った。

すると、テラスにいた人々がいっせいにそれぞれの部屋へと引きあげて行った。五人は早朝にフンザを発ち、ギルギットから小型のプロペラ機でイスラマバードへと向かうらしい。

自分は誰もいなくなったテラスへ行き、三つの椅子を組み合わせて寝椅子を作り、そこに横たわった。その瞬間、体は宙に浮き上がり、大気圏外を周回する宇宙船の乗員のように、無重力のなかで浮遊したのだ。

自分はびっくりして、粗末な木の椅子の肘掛けの部分をつかみ、慌てて身を起こした。それでも、宙に浮かんでいる感覚はつづいた。

自分の身に何事が起こったのかわからず、掌を心臓のところにあてがってみたが、鼓動は乱れていない。

しばらくするとその奇妙な浮遊感と眩暈は消えたが、長旅の疲れが出たのであろうと考えた自分は、残念ではあるがこのフンザでなければ決して経験することのできない星空観賞を今夜はあきらめて、早く寝たほうがいいと思い、部屋に戻った。

だが寝られない。雪崩の音も聞こえてこない。

腕時計を見ると、午前二時だった。

自分はセーターを二枚重ね着して再びテラスに行き、椅子に横たわって星空を見あげ、ときおり身を起こして眼下の民家の明かりとを見比べた。

やがてまたさっきと同じ感覚に襲われた。最初の浮遊感と眩暈よりも烈しかったが、不安感も不快感もなく、ある種の悦楽を伴った陶酔があった。

自分は身を起こし、しばらく目を閉じてから、これはいったいいかなる仕業によるのであろうと考えたとき、なぜかふいに、学生時代に、催眠術の研究をしているという知人から訊いた話が甦ったのだ。

催眠術は、昔の日本では幻術師のみが使う技で、幻術はイラン人によって考案されたのだという。真偽のほどはともかくとして、知人はそう言ったのだ。

幻術師になろうとする者の修業は、まず催眠術から始まる。

まず右目で三十センチ先のものを見つめる。それから左目で一キロ先のものを見つめる。どちらの目も対象物に焦点が合うようになったら、こんどは逆のことをやる。そうやって、右目と左目が自在に遠近の異なるものに焦点が合うように修業をつづける。

これは並大抵の修業で身につく技ではない。嘘だと思うならやってみるがいい。右目で三十センチ先の新聞を読む。同時に左目で一キロ先の電線にとまっている鳥をカラスか鳩か見分ける……。そんなことができる人間などひとりもいないはずだ。

しかし、長い修業によってその技を会得した人間にそのような目で見つめられ、目と目が合った瞬間、こちらは異次元の世界へとひきずり込まれる。目の錯覚という次元を超えた、心、もしくは精神の錯覚の世界へ飛んでいくのだ。

想像してみるがいい。向かい合っている人間の片方の目は三十センチ先に、もう片方の目は一キロ先に焦点が合っているのだ。さあ、私の目を見なさいと言われて見つめ直したときに、こちらに何が起こるかを……。相手は瞬時に右目と左目の焦点を変える。それを

二、三度繰り返されたら、こちらの精神はどうなると思うか。
肉眼で見えている夜空も星々も、平面上に描かれた一枚の絵にすぎない。しかし、実際はそうではない。

あの星と、その右隣の星とは、奥行きの距離も幅間隔もまさに天文学的数値を保っている。

人間の目にはわずか二、三センチしか離れていないように見えるが、Aという星とBという星とは数千光年の距離の差があるのだ。

それらが漆黒の夜空に無限にちらばっている。宇宙という幻術使いの数限りない目だ。

そこから視界を眼下に移すと、村の家々の灯という、これははっきりと距離感の差が認識可能な星々がある。

自分は空の星々と眼下の星々を交互に見つめることで、幻術師の目にからめとられるのと同じ罠にはまったのだ。

そのからくりに気づくと、心がとても静かになってきて、眩暈も浮遊感も消えた。

いったい何時間、星々を見つめていたことだろう。そしてその間に、いったいどれほどの雪崩の音と山羊の寝言を耳にしたことだろう。

ふと気づくと、夜空の七時の方向から一時のほうへと一定の速度を守りながら一直線に進んで行く星があった。いったいあれは何だ。決して流れ星ではない。流れ星は猛烈な速さで夜空を裂くように走って消滅する。だがあの星は違う。小さな光の点が、ゆっくりと一定方向へと移動しているのだ。

さらに目を凝らすと、こんどは十一時の方向から三時の方向へと同じ光の点が移動を始めた。人工衛星だったのだ。

人間が造りあげた精緻な機械……。

それがフンザのホテルのテラスから肉眼で見えるのだ。

幻術師の無数の目と人工衛星。寿命を終えて潔く消滅していく幾つもの流れ星。そして遠くの雪崩の音……。

自分は途轍もない何物かを感じた。だがそれが何なのか、言葉にすることはできなかった。自分の乏しい語彙にはないものなのか、それとも語彙はあるが、どれをあてはめれば最も正しいのかがわからないのか、それすら思考する力を失なってしまっていた。

自分はあまりの寒さに音をあげて、部屋に戻り腕時計を見た。三時半だった。

ベッドに横たわり、目を閉じた。妻のこと、子供たちのこと、母のこと、死んだ父のこと、楽しかったこと、哀しかったこと、いろんなことが心に浮かんできた。

そうしているうちに、自分は宇宙の目と幻術師の目の決定的な違いを知ったのだ。

幻術師のそれはひとときの惑乱しか生み出さず、宇宙のそれは、ありとあらゆる具体的な生命を現実に生みだしている、ということを。

するとさっきテラスでどうしても思い浮かばなかった言葉が湧いて出た。それは「慈愛」だった。ただの慈愛ではない。躍動する慈愛なのだ。ありとあらゆる命を生みだしつづける力の源は慈愛なのだ、と。

というよりも、慈愛という言葉によってしか表現し得ない何物かが、生命を生みだしつづけ、それを養い活かしているのだ、と。

人に物を施すことが慈愛なのではない。慈愛的行為であっても慈愛そのものではない。愛しい人々へ向ける思いも慈愛ではあるが、宇宙が内包する慈愛の巨大さとは次元を異にしている。

ならば、宇宙を生み出した慈愛とは何であって、それはどこに存在しているのであろう。そもそも宇宙よりも巨大なものが存在するのだろうか……。

自分は、そう考えているうちに眠った。

朝の六時前に、ホテルの横の急な坂道を下っていく山羊の群れの鳴き声で目を醒ましたとき、なぜ自分が宇宙の慈愛がありとあらゆる命を生みだしているなどと考えたのか、なぜそんな突拍子もないことを思ったのか、わからなくなっていた。

ただはっきり認識できたのは、幻術師の奇怪な目に似たものが、この世には満ち満ちているということだった。自分たちはそれに欺かれ、惑乱させられつづけているのだ、と。そしてそのことを、多くの人々はまったく気づいていないのだ、と。

月屋の主人が魚の身を擂って自分で練りあげて作るという幾種類かの練り物があまりにおいしかったので、斉木光生はそれらを食べながら喋っているうちに、冷えたワインにまったく手をつけていないことに気づいた。

「なんだか、俺ばっかりが喋ってるね」

光生は言って、ワインを飲んだ。

「さっきは、西域北道のゴビ灘に消えて行く青年。次はカラコルム山系のなかのフンザの星空。その次は？」

と室井沙都は訊いた。

「えっ？　まだ聞きたい？　俺の話、退屈だろう？」

沙都と由菜は同時に首を横に振り、もっと聞きたいと促した。

それで光生は、少し長くなるがと前置きし、クチャからキジル千仏洞への道で遭遇した羊飼いの青年の話をした。ガイドの楊さんが、その夜、クチャのホテルで語った無量義経の一節をつけくわえることも忘れなかった。

光生の話を聞き終えると、

「次は?」

と由菜が訊いた。

「次って、あの旅で心に残った光景?」

「はい。いま三つ話してくれはったでしょう? もっとあるでしょう? 私、十時に家に帰らなあかんから、早ようもうひとつ聞かせてください」

今夜は十時に家庭教師が来るのだと由菜は言った。七時からの予定だったのだが、その京大生の都合で時間が変更になり、お陰でこうやって外で食事をすることができたのだという。

「九時過ぎにタクシーに乗ったら充分間に合うわよ」

その沙都の言葉で腕時計を見ると八時を少し廻っていた。光生は、もうひとつ心に強く残っている光景といえば、やはりあのラクダに乗ったタジク族の遊牧民一家とのつかのまの交わりであろうと思った。

タシュクルガンという小さな国境の町がある。西域北道を南下して中国領新疆ウイグル自治区の二番目に大きい都市・カシュガルを経てパキスタン領内へ向かう者は、みなこのタシュクルガンを通らなければならない。タシュクルガンには中国側の国境警備所があり、そこでパスポートとビザのチェックを受けて出国し、標高五千メートルのクンジュラーブ峠を越え、ススト というパキスタン側の国境の町で入国手続きをするのだ。

タシュクルガンで一泊せずに、そのまま国境検問所からクンジュラーブ峠を一気に越えてしまう手もあるのだが、そうすることは高山病にかかる危険性が増す。標高三千七百メートルの地点にあるタシュクルガンで体を慣らしておいたほうがいいと勧められて、自分はそれに従うことにして、町に一軒きりのホテルに泊まった。

夏とはいえ、富士山の頂上と同じ高さにあるタシュクルガンは寒かったが、内部が木と土の壁のホテルにストーブはなかった。

自分は大きなリュックサックから冬物のセーターを出したが、そのとき、ゴルフボールが三個入っている箱がまぎれ込んでいるのに気づいた。

何年か前、出張でニューヨークに行ったとき、ゴルフ好きの友人たちへのおみやげに買ったうちの一箱が、どういうわけかリュックサックのなかに入っていたのだ。

ゴルフボールなんか、なにもニューヨークで買わなくても、日本で幾らでも手に入るのだが、そのゴルフボールに描かれているイラストがおもしろかったので衝動買いしてしまったのだ。

日本語に訳すと「へぼゴルファーにご用心」となる英語と、幾種類かの犬のイラストだった。

どこからか飛んで来たゴルフボールから慌てて逃げようとしているブルドッグやヨークシャーテリヤやセントバーナードの表情が楽しかった。

自分は旅の疲れからか背中の一点がひどく凝っていて、そこは手が届かない場所なので、ベッドにゴルフボールを置いてその上にあお向けになれば、体重を利用して指圧と同じ効果が得られるかもと考えて試してみたが、さして具合良くはなかったので、ゴルフボールをリュックサックにしまった。

翌朝、タシュクルガンの国境検問所には何十台ものトラックが積荷の検査を受けるために並んでいた。ニューヨークの世界貿易センタービルのテロ事件以来、警備は厳重を極めていて、パキスタン人の運転手も中国人の運転手も長時間を要する検査に慣れっこになってしまっているといった表情だった。

自分たちの出国検査はすぐに終わり、マイクロバスはクンジュラーブ峠からパキスタンの北西部をつなぐ舗装された一本のアスファルト道を走り始めて、すぐに大丘陵地帯へと出た。

やがて眼前には万年雪に覆われたカラコルム山脈の鋸の歯のような峰々が迫って来た。標高が四千メートルを越えたころ、マイクロバスが妙な音をたて始めた。それは前輪の近くから聞こえる。

運転手は険しい表情で車を停め、あお向けになって車体の下にもぐった。エンジンの力を車輪に伝える回転軸のボルトが緩んだのだという。外れてしまわなくてよかった。運転手はそう言って工具を出し、修理を始めた。

自分も楊さんも車から降り、丘陵に薄く生えている苔のような草の上に腰を降ろして、クンジュラーブ峠はどのへんであろうかと峰々に見入った。

天気は良くて、青い空には丸い小さな雲が三つ浮かんでいるが、クンジュラーブ峠のほうには黒い雲が覆いかぶさっている。

自分たちの視界を遮るものはカラコルムの峰々だけで、うねりの多い薄緑色の平原の彼方にはヤクの群れが点々と散らばっている。

「もうこの道はカラコルム・ハイウェイですか?」

自分は楊さんに訊いた。たぶんそうだろうと楊さんは答え、落ちていた木の枝で大雑把な地図を描いた。

自分たちがいまいる場所がこのあたりだとすると、こっちはすべて中国領。クンジュラーブ峠はこのあたり。パキスタンはこんな形で南へと伸びていて、その西がアフガニスタン。その北側がタジキスタン。パキスタン北部から東部にかけてインドの北西部と国境を接している。何やかやと政治的な問題の多いカシミール地方はこのあたり……。

楊さんの説明に耳を傾けていると、背後で「タッ、タッ」という掛け声が聞こえ、背に荷を満載した三頭のラクダが丘陵のうねりからあらわれたのだ。

確かにラクダたちは過酷なほどの荷を背負っていたが、遠くからは荷だけにしか見えなかったものの一部は人間だった。よくしなる木の枝の鞭を持ち、長い布製のショールを顔と首に巻いた人間は、先頭のラクダにひとり。そのうしろのラクダにふたり。最後尾のラクダにもふたり乗っていた。

ショールは顔をすべて覆っていて、目の部分だけが見えている。

「タジク族の遊牧民です。カメラは向けないほうがいい。気の荒いやつが多いそうですから」

と楊さんは言った。

「タッ、タッ」

先頭のラクダに乗っている男が、こんどはさっきよりも強い調子の掛け声を発すると、三頭のラクダは歩くのをやめ、柔順にゆっくり脚を折って丘陵に跪いた。

顔を覆うショールと、くるぶしまである民族服で、みな男に見えたのだが、全員がラクダから降りると、三人は男で、ふたりは女だった。

父と母、息子がふたりと娘がひとり。

父親がいちばん年長の息子に何か言った。叱責しているような口調だった。

見ていると、どうやら荷崩れを起こしたらしい。出立の際の荷造りに不備があったのであろう。

叱られている息子が顔に巻いたショールの鼻から下の部分をずり下げたので、その容貌があらわになった。歳は十五、六歳。口元にニキビが三つあった。目は黒いのに、その底に青味がかったものがある。藍色の目だ。

娘は十二、三歳。目は茶色で、ギリシャの彫刻のような美しい鼻筋を持っている。

母親に何かを命じられた末の男の子が丘陵を走って行き、すぐに蔓のようなものを持って戻って来た。その子は七、八歳。切れ長の目は母親に似ていた。兄や姉とはまったく異なる容貌で、タジク族の遊牧民の服を着ていなかったら、日本人だと称しても誰も疑わないだろう。

三頭のラクダの背にあるのは、すべて家財道具だった。幾つかの鍋、食器、小さな椅子、食料が入っているらしい袋、毛布……。

楊さんが車の修理は長引きそうかと訊くと、ボルトが緩んだまま走りつづけたので、車軸を支える部品の一部が歪んだと運転手は答え、しかしあと二十分もあればそれも応急処置ができそうだと言った。

自分は、雲雀《ひばり》に似た野鳥の声を聞きながら、リュックサックのなかのミネラル・ウォーターの壜を探した。するとゴルフボールが転がり出た。自分は何気なくそれを持ってアスファルト道に立つと、鞠突きをするように道に軽く投げつけた。べつに何等かの意図があってそうしたのではない。時間つぶしにボール遊びをしてみただけなのだ。そして自分は、ゴルフボールが固い物に当たると予想以上に大きく跳ね返るということを忘れていたのだ。

一メートルくらいの高さから軽くアスファルト道に投げつけられたゴルフボールは、五メートルほど高く跳ね上がった。

「凄い反発力ですね。ゴルフボールのなかはどういう構造なんでしょう」

と楊さんは言った。

「思いっきり叩きつけてみましょうか」

自分も、そうすればいったいどのくらい高く跳ね上がるのか知りたくなり、力一杯、ゴルフボールをアスファルト道に叩きつけた。

それは二、三十メートル跳ね上がって、タジク族の遊牧民一家のところへと飛んで行った。

父親は顔を覆っていたショールを取り、それを風呂敷代わりに所帯道具を幾つか包んでいたが、足元に転がって来たゴルフボールを珍しそうに見つめてから拾ってくれた。父親は三十代半ばに見えたが、太陽の光の当たり具合によっては五十代後半にも見えた。深い眼窩、鷲鼻、金色の毛の混じった頬髯、日に灼けてひび割れている薄い唇……。そのどれもが、意志的で屈強そうだった。

末の子が走って来て、父親の掌のなかのゴルフボールを覗き込んだ。いったいこれは何だ？……そんな表情だった。

父親は少しのあいだ、末の子にゴルフボールをさわらせていたが、やがてそれを投げて寄こした。だがそれは大きく的を外れて、とんでもない方向へ飛び、アスファルト道に落ちて、何回も跳ねながら、道の向こう側の丘陵へ転がった。

末の子が追いかけて行き、父を真似て持ち主へと投げ返したが、手からすっぽ抜けて、前にではなくうしろに落とした。

自分はそのとき、ひょっとしたらこのタジク族の一家は、ボール遊びというものを一度もしたことがないのかもしれないと思った。

だから、大きい小さいにかかわらず、ボールというものの投げ方を知らないのだ、と。

自分は、女がボールを投げるのが下手なのは、子供のころにボール遊びをする機会が少なかったからだという説を思い出し、ゴルフボールを拾うとアスファルトの道の上で鞠突きをしてみせたあと、末の子に「やってみろ」という表情でそれを渡した。

だがそう簡単に上手にできるわけがない。末の子はむやみにゴルフボールを道に投げつけるだけで、その反発力に驚きつづけ、ボールを追ってカラコルム・ハイウェイの上を走り廻りつづけた。

そのうち、兄が仏頂面をして近づいて来た。彼も、生まれて初めて目にしたゴルフボールをアスファルト道に叩きつけてみたかったのだと思う。

しかし、彼は気難しそうに弟を見つめ、俺はそんなものには興味がないといった表情で高く跳ね上がるボールから視線をそむけ、何か言った。

たぶん、幼い弟に、そんなもので遊んでないで、さっさと荷造りを手伝えとでも言ったのだと思う。

自分はリュックサックからゴルフボールを出し、それを兄に手渡してから、もう一個を少女に渡した。少女は、ゴルフボールにプリントされているセントバーナードのイラストを見て微笑み、母親のところへと走った。

自分はゴルフボールをアスファルト道に叩きつけてみろと身振りで促した。遊牧民の長男は、父親の顔色を窺ってから、力まかせにアスファルト道に叩きつけた。固い音とともに、ゴルフボールは驚くほど高く青空に跳ね上がった。

眩しかったせいもあるが、ゴルフボールは視界から消えて、自分も遊牧民の兄弟も、空を見上げたままボールを捜した。

「ナイスショットだ。これがゴルフなら、三段ロケットみたいに空気を切りさいて飛んで行ったドライバー・ショットってとこだな」

と自分は日本語で言った。

それにしても、ゴルフボールはどこに消えた？　自分も遊牧民の兄弟も眩しさに目を細めながら空を見上げつづけた。

そのとき、あお向けになってマイクロバスの下に胸から上をもぐり込ませていた運転手が叫び声をあげた。ゴルフボールはその運転手の股間に落ちたのだ。じつに見事に急所に命中したのだ。

さぞかし痛かったことだろうと思う。とにかくゴルフボールは石のように固いのだから。

運転手は、自分の股間に落ちて来たものが何なのかわからないまま、車の下から這い出て、アスファルト道の上で体をくの字に曲げて呻き声をあげ、中国語で楊さんに訊いた。

「何が落ちて来たんだ？　鳥か？」

と訊いたそうだ。

その中国語はタジク族の一家にもわかったらしく、父親も兄弟も笑った。母親だけが笑わなかった。ショールで覆われた顔は、目だけしか見えなかったが、全身に生活疲れというしかないものを漂わせていた。

楊さんがゴルフボールを拾い、それを遊牧民の兄に渡した。

「あげるよ。アメリカのニューヨークで買ったんだ」

自分の言葉を楊さんは中国語で伝えたが、あげるよという部分以外は通じなかった。

遊牧民一家は、それからすぐに出発した。アスファルト道をゆっくりと斜めに横切り、道に沿ってカラコルム山脈の裾野へと消えた。

自分たちも、彼等よりも二十分ほど遅れて出発した。

一キロほど走ったところで、運転手は何か言いながら前方を見つめて車を停めた。カラコルム・ハイウェイの真ん中に、ゴルフボールが三つ、小さな正三角形になるように並べて置いてあった。そこにボールがあることを示すためであろう、周りにその三角形を囲むようにして幾つかの石が並べられていた。

自分は車から降り、三つのゴルフボールを拾い、石を丘陵へと戻した。捨てたのではない、返したのだ……。ボールの丁寧な並べ方も、石のそれも、そう語りかけていた。

どこまでもうねりつづける丘陵に遊牧民一家の姿はなく、雲の流れが早くなった青空には、その雲の進行方向とは逆のほうへと飛んで行く渡り鳥の群れがあった。

自分は日本に帰って以来、仕事に使うブリーフケースにいつもその三つのゴルフボールを入れている。満員電車のなかで、タクシーのなかで、電車を待つ駅のホームで、ときどきそれを見つめるのだ。甦ってくるのはタジク族のあの一家ではない。矢の先端の形で長く伸びた渡り鳥の群れだ。


「心に残った光景には、もうひとつ、ゴビ灘に点在する墓があるけど、俺、ちょっと喋り疲れたよ」

斉木光生はそう言って、月屋の主人に水をくれと頼み、ブリーフケースをあけた。そして、三つのゴルフボールのうちのひとつを掌に載せ、室井由菜の前に差し出し、

「これが、そのタジク族一家のいちばん上の子がカラコルム・ハイウェイに満身の力で叩きつけたボール。車を修理してた運転手の急所に見事に命中したボールだよ」

と言った。

由菜もそれを手に取って、ゴルフボールを見つめていたが、ここに傷があるとつぶやき、

わずかに表面が剝がれている箇所を指差した。

「ゴルフボールの表面てのは意外に柔らかいんだ。アスファルトの道に叩きつけたときについた傷だと思うよ。もし欲しかったら、あげるよ」

「えっ？　貰っていいんですか？」

と由菜は訊いた。その表情は、欲しいと思ったが、くれとは言い難かったのだということを素直にあらわしていた。

「うん、あげる」

由菜はそれをショルダーバッグにしまい、月屋の主人自慢の「巾着のおでん」を食べると、沙都からタクシー代を貰って急ぎ足で帰って行った。

「私もこれからお勉強」

と沙都は言い、ハンドバッグから封筒を出して、それを光生の前に置いた。芹沢由郎に関して自分が知り得たことが書いてあるのだという。

「どう？　由菜の印象は。ちょっと変わった子でしょう？」

と沙都は訊いた。

「ちっちゃいときから、とにかく周りのみんながやることとおんなじことをするのが嫌いな子だったの。だから、中学生のときは、学校でいじめられたらしいわ。みんながやることを自分もするのは、とても恥かしいことだって考えてる子なのよ。それはいまも変わらないわ。どうしてそんなふうに考えるようになったのか、私も母も姉もわからないの」

「俺、サラリーマンだぜ。会社では役員で、おんなじ年代の連中よりも多少は年収は多いかもしれないけど、サラリーマンであることには変わりはないんだ。時間てものに縛られてて、会社っていう組織のなかで仕事をしてる。映画に出てくるような諜報員でもなきゃあ、無頼の私立探偵でもないんだ。カンフーも護身術も身につけてないし、カーチェイスなんて、想像しただけでも血の気がひくよ。そんな俺は、この封筒の中身を見ないほうがいいよ」

光生はそう言って、封筒を沙都の前に押し戻そうとした。しかし、沙都は表情を変えず、書店の名が印刷してある紙袋を封筒の上に置いた。

「和歌山県の地図よ。拡げたら畳半分ほどあるわ」

「俺は、いやだって言ってるだろう。いやだよ、怖いよ。俺の身に何かあったらどうしてくれるんだよ」

「斉木さんなら、あいつらをだしぬけるわ。マミヤの三銃士が手を組んだら鬼に金棒よ。私は焦らない。だって、金貨は腐らないんだもん」

光生は、ことさら無表情を装っているかのような沙都から、何か異常なものを感じた。

沙都は三千枚の金貨が欲しいのではない。その金貨を、自分の姉の娘のためにみつけだしたいのでもない。目的はもっと別なところにある……。

それは光生の一瞬の勘にすぎなかったが、もし自分の勘が当たっているとするならば、沙都の真の目的が何であるかを知りたいという衝動に駆られた。

「芹沢由郎が、三千枚もの金貨を、どこかの桜の木の下に埋めたってことを沙都さんが確信してる根拠って何なんだよ。よほどの確信があるんだろう？　そうじゃなきゃあ、こんな探検ごっこを本気でやろうなんて考えないだろう？」

その光生の言葉に、

「場所を変えない？」

と小声で耳打ちして、沙都は立ちあがった。

光生は、月屋の主人に、巾着は次に来たときの楽しみに取っておくと言い、沙都を追って黒光りする木の階段を降りた。

高瀬川沿いの道に出ると、

「さっき、私もこれからお勉強って言っただろう？　何の勉強をするんだ？」

光生はそう訊いた。

「水墨画。正確には水墨山水画」

と沙都は答えた。

「水墨山水画？　そんなもの習ってるの？　いつから？」

「二年前から。月に一度、京都に住んでる女性に教えてもらってるの」

「こんな時間から？　もうそろそろ十時だぜ。場所を変えて話をしてたら、日付が変わるよ」

沙都は、今夜はその女性の水墨画家が所蔵している石濤《せきとう》を見せてもらうだけなのだと答えた。

「水墨画って、墨の濃淡だけで描いた絵だろう？　たとえば横山大観とか」

「そうよ。でも、赤とか青とか、色を使ったものもあるわ。中国の水墨画には着彩したものも多いけど、日本の水墨画は墨一色で色彩を出すのよ」

「石濤って、画家の名前？」

「中国のね。清の初期の時代の画家。私、中学三年のとき、この人の絵を美術館で見て、すごく惹かれたの。私にもすぐ描けそうな気がして……。いろんな色の絵具を使わなくてもいいし、子供のらくがきみたいなもんだって気がしたから。でも、それがとんでもない錯覚だったことは、大学生のときにわかったわ」

高瀬川沿いに並ぶ料理屋のなかでも、とりわけ老舗として名高い店の前に三台の高級車が並んでいて、ちょうどその車の主が出て来たところだった。

沙都は立ち止まり、光生の背後に隠れるようにして高瀬川の流れに顔を向けた。

「知ってる人がいるの？」

「あの背の高いおじいさん」

沙都は小声で言い、光生も名前だけは知っている財界人の氏名を口にした。

「ＭＵＲＯＹの客かい？」

「姉の時代のね。銀座とか築地の料亭で宴席を持ったあと、車を待たせておいて、ひとりでふらっとＭＵＲＯＹに入って来て、飲み直しをしてから、おうちに帰って行くの。飲み直すっていっても、お酒はなんでもいいのよ。カクテルでもスコッチのシングルモルトでも。ただそうやって、ひとりになる時間を持ちたいのね。だから、ＭＵＲＯＹのカウンターに坐ってるのは、せいぜい三十分くらい。一九六八年モントルー音楽祭の、ビル・エヴァンス・トリオのライブ盤が好きで、いつもそれをかけてくれってリクエストするのよ。『いつか王子さまが』って曲を」

沙都は微笑を浮かべてそう言い、三台の高級車が走って行くのを見届けてから歩きだした。

「俺もあのライブ盤、好きだなァ」

と光生は言った。そして、どうして隠れたのかと訊いた。

「気を遣わせたくないから。すごく気遣いをする人なの。夜の京都の高瀬川沿いを私が男性と歩いてるのを目にしたら、気を遣わせてしまうでしょう？」

「沙都ちゃんがMUROYの跡を継いでからは来なくなったの？」

「バーって、そういうとこなのよ。灰皿の形や図柄が変わっただけで足が遠のくお客さんもいるわ」

南座の前に並んで客待ちをしているタクシーのほうへと歩を進めながら、

「石濤を一緒に見ない？」

と沙都は誘った。

「個人のお宅に伺うんだろう？　俺が一緒でいいの？」

「私の絵の先生は十時には何があっても床につくの。起きてるのはお手伝いさんだけ。石濤を拝見したらすぐに失礼しますからどうかお構いなくって、何度も念を押しといたわ。そしたら、じゃあ十一時までならいつ来てくれてもいい、お茶もお出ししませんからね、って言ってくれたの」

光生も石濤という絵描きの水墨画を見てみたくなった。自分がそれを見たからとて、何がわかるというのでもあるまいが、沙都は中学三年生のときに惹かれ、おそらくそれが発端となっていま水墨画を習っているのだから……。

そう思うと、石濤という水墨画家の手になる本物を間近で見られる機会というものは、そう滅多にあるものではないと気づいた。石濤なる名も初めて耳にしたし、その価値についてはまったく知識がなかったが、やはり画集でではなく本物にじかに接することができるのは得難い時間であるに違いなかった。

「清の時代の初期っていうと、日本はどんな時代だったんだ？」

タクシーに乗り、河原町の交差点を渡りながら光生は訊いた。

中国東北部の満州族が明を亡ぼして首都を北京に定め、全中国を統治したのは一六四四年だから、日本は江戸時代の三代将軍徳川家光の時代だと沙都は説明した。

石濤は一六四二年に桂林で生まれた。桂林というところは山紫水明の地として知られているが地理的には亜熱帯地域であって、漢民族や満民族から見れば異民族の住む地で、現在は広西チワン族自治区として区分されているという。

「私、水墨画でよく描かれる桂林の山紫水明の風景が先入観として刷り込まれてたから、まさかあんなに暑いところだとは思わなかったわ。川では子供たちが真っ裸で泳いでて、水牛が水浴びしてるの。びっくりしたわ。遊覧船での灕江《りこう》下り、どんなに暑かったか……」

「桂林に行ったの？」

「うん、大学生のとき、夏休みに」

大きな道の交差点にある標示板を見ると、タクシーは金閣寺のほうへと向かっているらしかった。

「水上生活者の船が川を行ったり来たりしてて、赤ん坊をおんぶした若いお母さんが船の上で重い中華鍋を使って汗だくになってお料理を作ってて、それを観光客とか川で働いてる人たちに売るのよ。肉団子と春雨の炒め物、おいしかったわ。でも、一緒に旅行をした友だちがお腹をこわしちゃって、そのあと二日間ホテルの部屋で寝込んじゃったの。同じ女子大の同じ看護学科の一年後輩で、芹沢さんが最初に入院した病院でいまも看護師をしてる……」

場所を変えての話がいつ始まるのかと思っていたので、光生は沙都がやっと本題に入りそうで、少し身構える心持ちになったが、沙都はそれきり芹沢由郎の名は出さなかった。

タクシーが北へ走ったのか西へ走ったのかわからないまま、新興住宅が並ぶ一角でタクシーから降りると、沙都は竹林の横にある小径に入った。遠くの街灯の明かりでは、そこに小径があることはわからなかった。

平屋の建物はこぢんまりしているが、その家と比していささか長すぎる板塀がつづき、

「小宮　勝手口」と筆文字で書かれた木の札が掛かっているところから塀のなかに入った。

家よりもはるかに大きい雑木の庭があり、石を敷いた細い道が少し曲がりながら伸びていた。その幾種類かの雑木は勝手気儘に枝を伸ばしているように見えて、じつはあれこれ工夫を凝らして剪定されているようだった。

「お玄関からお入りになればよろしかったのに」

と小声で言いながら、五十前後のお手伝いさんが迎えに出て来た。

「呼び鈴を鳴らすと先生が起きてしまうかもしれないと思って」

と沙都は言った。

「いつものお部屋の床の間に掛けてございます」

小肥りの婦人は言って、台所の横にある廊下のところで立ち止まった。あとはどうぞご勝手にといった態度には何の嫌味もなく、この男はいったい何者だと品定めする視線も向けなかったので、光生は小声で軽く挨拶をすると、沙都のあとから廊下を歩いて行った。

「ここが先生のアトリエで、週に一度の水墨画教室にもなるの」

沙都は玄関からすぐのところにある十二畳の和室の障子戸をあけながら言い、足音を忍ばせるようにして床の間の前に正座した。

湖があり、その湖に小さな浮き島があり、浮き島に粗末な庵《いおり》がある。湖のはるか向こうには切り立った山がある。山は絵の左側へと伸びている。山にはこの家の庭と同じような木が生えている。手前の湖岸には寺とも民家ともつかない瓦屋根の建物がある。

ただそれだけの絵だった。一幅の掛け軸のなかで墨が占める割合はほんのわずかで、少し黄ばんだ紙の余白が湖面なのか空なのか区別がつかない。

まったく子供が描いたような絵だが、誰も真似できそうにないなと光生は思った。もし沙都に感想を求められても、自分はそれだけの言葉しか口にはできないだろうという気がした。

沙都は掛け軸の下から上へと覗き込むように顔を動かし、

「これが、私が中学三年生のときに見た石濤……」

と言った。

「また巡り会うなんて……。この絵を小宮先生のお父さまが所蔵してたなんて想像もしなかったわ」

「この絵を、中学三年生の室井沙都さんはどこの美術館で見たの？」

と光生は訊いた。

「京都の美術館で。中国水墨画の名品展ていう催しだったと思うの。そんなに大々的な催しじゃなかったわ。芹沢由郎さんがそこで待ってるようにって指定したのよ。展覧会場で絵でも見ながら待っててくれって。十五歳の女の子だから、どの人が室井沙都さんか、すぐにわかるだろう、って……。十五歳の私、この石濤の前で芹沢さんから封筒に入った小切手を預かったの。三歳になったばかりの由菜の写真と引き替えにね。石濤は五点あって、それぞれ所蔵してる美術館の名前を書いた紙が貼ってあったけど、これだけは『個人所蔵』って書いてあって、持ち主の名前は伏せられてたの」

そう言ってから、沙都は腕時計に目をやった。さっきのお手伝いさんは、十一時に、ここから自転車で十分ほどのところにある自分の家に帰るのだという。

「じゃあ、そろそろおいとましなきゃあ」

光生は床の間の前から立ちあがり、天井の、年代を経てくすんでいる檜板を見つめた。奇をてらったところなどどこにもない木造の家だったが、柱に使ってある木も、畳も、障子の紙までもが、腕のいい職人の手によるものだということはわかった。

「いま、お茶をいれようと思ってましたのに」

台所からお手伝いさんが出て来て言った。

光生と沙都は、さっきの勝手口から竹林沿いの小径に出て、流しのタクシーが通りそうな道を捜して夜ふけの住宅街を歩いた。

「謎解きの鍵を小出しにして、俺を引きずり込もうとしても、俺は乗らないよ。俺は、身に危険が及ぶようなことはしたくないし、金貨捜しに費やす時間もないんだ。かりに沙都さんに色仕掛けで迫られても、できないことはできないって答えるしかないんだからな」

冗談だったのだが、光生は自分の言葉が、逆にそれを要求しているかに取られたのではないかと思い、慌てて、いまのは冗談だと言いかけた。

すると、沙都は歩を止めて、

「色仕掛け？」

と訊き直し、光生の胸のところに掌をあてがった。

「こんな私でよろしければ」

おどけた口調だったが、顔は笑っていなかった。

「くらくらっとするようなこと言わないでくれよ」

「嘘つき。くらくらっとなんかしてないくせに」

「してるよ。男も四十を過ぎると、本心を顔に出さないくらいのことはできるようになるんだ」

光生はそう言って、間近の沙都の顔から逃げるように歩きだした。

広い道に出るまで思いのほか歩かなければならなかった。新興住宅が並んでいたのはほんの一角だけで、なだらかな坂道の両側には立派な家々がつづき、神社があり寺があった。

「ねェ、あのゴルフボール、私にも一個くれない？」

沙都に求められて、光生は街灯の明かりの下でブリーフケースをあけ、タジク族の遊牧民の少女に手渡したボールを出した。

「これ、女の子にあげたボールだよ」

沙都がそのボールをハンドバッグにしまい、また坂道を下りだすと、光生は、沙都が描いた水墨画を見たいと言った。

「私の作品だって言えるのはまだひとつもないわ」

「でも、もう二年も習ってるんだろう？」

「小宮先生は、水墨画の基礎だけを教えて下さるの。筆の持ち方、墨のすり方、墨の濃淡の作り方……。○を何百回も描いて、次は横線を一本、それも何百回も描いて、その次は縦棒を……。いまは梅の花びらの描き方を習ってるわ」

どんな世界にも基礎としての決まり事がある。この決まり事をしっかりと修得しておかないと、自分独自なものは生まれてこない。

いわば不動の型で、それをおろそかにして我流で次に進もうとしても必ず行き詰まってしまう。私が人に教えられるのは、この基礎だけだ。小宮という女性画家はそう言ったという。

「運筆法、調墨法、それに水墨画の二大技法の鉤勒法《こうろくほう》、没骨法《もっこつほう》。表現技法も多様よ。渇筆法、逆筆描法、転筆法、破筆法……。たらし込み描法っていうのもあるの。そんなの、月に一回の授業で二年ぽっちじゃあ習い切れないわ。いまはとにかく自分が描きたいものを忠実に写生するようにって言われてるの。鉛筆でいいのよ。でも忠実な写生でないと駄目だ、って。適当なデフォルメは断じて認めない。風景をスケッチするとき、遠くの電線四本を、ずるをして三本にしてはならない。瓦屋根の瓦の数を誤魔化してはならない。私、それを先生の仰有るとおりにやってて、ひとつ気づいたことがあるの」

「どんなこと？」

坂道の勾配がきつくなり、その先に車の通りの多い広い道が見えてきた。

「私はこれまで風景を見ても花を見ても、人間の顔を見ても、じつはなんにも見えてなかったんだ、ってこと。斉木さんも一度やってみたらいいわ。奥さんの顔がいちばんいいかもしれない」

「女房の顔？　どうして？」

「写生してみたらわかるわ。これ以上はできないっていうくらい忠実な写生じゃなきゃ駄目よ」

このあたりで流しの空のタクシーをみつけるのは難しいだろうと思ったが、それはすぐにやって来た。

そのタクシーに、今夜は母のマンションに泊まるという沙都を乗せ、見送ってから、光生は次のタクシーを待ったが、空のタクシーをやっとつかまえたのは二十分後だった。

第三章

沙都から手渡された封筒の中味を見ないまま、社の自分の机の引き出しにしまい込んで十日目、斉木光生は若い社員三人と昼食をともにして、明治通りにある喫茶店でコーヒーを飲んだ。

社は一年で最も忙しい時期を終えたが、来年の四月を目ざしての企画作りに着手しなければならなかった。四月は、各学校は新入生を、各企業は新入社員を迎える。マミヤにとっては大事なかき入れ時なのだ。

マミヤの事務所とショールームのある地域は、昔からアパレル関係に従事する者たちがマンションの一室や借家や貸し事務所にそれぞれのデザイン室兼作業場とか小さな店舗をひらいている。

そのほとんどの主は二十代、三十代の若者で、ファッション・デザイナーとして名をあげようという野心や、アパレル産業での大成を期して自分の城を持った者たちなのだ。

だがオープンしたブティックがわずか三ヵ月足らずで閉店することなど珍しくはないし、いつも決まった時間に通って行く奇抜な服装の若者の顔ぶれは、一ヵ月もすれば別の若者たちのそれに変わってしまう。

斉木光生は社員たちと喫茶店を出ると、春一番があるとしたら、冬一番というのもあるのだろうかと考えながら、社への道を歩いて行った。そうだ、木枯らし一号という言い方があったなと思ったとき、

「あの女、まだいるぜ」

と入社三年目の男子社員が同僚に言った。

「うん、朝からずっとあそこに立って、うちの三階のほうを見てるんだよ」

もうひとりの社員がそう応じ直した。

「朝からああやってうちの事務所を見てるのか?」

光生は小声で訊きながら、女と目が合わないようにして社の事務所がある貸しビルの玄関に歩を進め、まさかセリザワ・ファイナンスが目に見える形で脅しをかけ始めたのではあるまいなと思った。

女は三十五、六歳で、ほとんど化粧をしていなかった。

ブランド物の高価な服を着ているが、似合っているとは言い難い。着こなし方が垢抜けしていないのだ。しかし容貌は美人の部類に入るな……。光生はそう思いながら、妙にいやな予感を抱きながらエレベーターに乗り、三階で降りた。

宇津木の、トイレに入って行くうしろ姿が見えた。

昼休み中に電話をかけてきた相手の名前がメモ用紙に書かれていて、光生はその五人に電話をかけた。

最後の相手の用件は宇津木に訊かなければ正確な数字を答えられないものだったので、光生はとりとめのない世間話に話題を変えて、宇津木がトイレから帰って来るのを待った。

電話の相手は、取引先の社長がホールインワンをやってのけたうえに、念願だったシングル入りも達成してしまったので、何かお祝いをしなければいけないのだが、何がいいと思うかと訊いた。

「そんなの、その人のほうからお祝いを配るもんでしょう。それがゴルフの世界のしきたりじゃないんですか？」

「私もそう思うんですけど、いかにもお祝いを持って来いっていう言い方をするんですよ」

「お祝いのゴルフ会でもやってあげたらいかがですか？」

光生は笑ってそう言いながら腕時計を見た。社に帰って来たのが一時ちょうどくらい。そのとき宇津木はトイレに入って行ったのだ。いまは一時四十分。自分の机は、トイレとエレベーターをつなぐ通路に面するところにあって、事務仕事に集中していないかぎりは、トイレから出た宇津木の姿が目に入るはずだ。四十分もトイレに入ったままなのか？　それとも宇津木は、俺が気づかないうちにトイレから出て、事務所には戻らず、そのまま出かけたのだろうか……。

光生は、電話の相手に、担当者が席を外してしまって、いま正確な数字の確認ができないので、すぐに折り返し電話をかけ直すと言った。

「きょうの夕方までにわかればいいんですよ。お祝いのゴルフ会かァ。それ、いいかもね」

「ついでに十万円くらい祝儀袋に入れて」

「高くつくなァ。ホールインワンだのシングル入りだの……、迷惑な話だよねェ」

光生も相手も笑い合って電話を切った。光生は男性用トイレを覗いた。誰もいなかったが、三つあるドアのひとつは閉まっていた。そのドアは、なかから鍵をかけないかぎりは自然に開くようにできている。

「宇津木、トイレにいるのか？」

光生が声をかけても、トイレのなかにいる人間は何も答えなかった。

「失礼しました。宇津木かと思って」

光生がそう言って戻りかけると、

「斉木、俺だよ」

という宇津木の声が聞こえた。

「どうしたんだ？　何かあったのか？　自分で鍵をあけられるか？」

「大丈夫、大丈夫。体の具合が悪いんじゃないんだ」

トイレから出て来た宇津木民平は歪んだような苦笑いを浮かべ、

「相談に乗ってくれよ」

と言った。

光生はその表情を見た瞬間、さっき社のビルの前で見た女のきつい目つきを思い出した。宇津木の身をトイレに隠れさせたのは、あの女なのだ、と。

「応接室に行こう。ここじゃあまずいだろう」

光生の言葉で、宇津木は大きく溜息をつき、応接室として使っているブースへと歩いて行った。

酔った勢いとほんの出来心で、一年前に札幌のクラブのホステスと一晩をすごした。一晩だけのつもりだったが、札幌に出張するといつも夜をともにするようになった。深入りする前にきれいに終えるはずだったのに、女は勤めていたクラブを辞め、ホステス稼業から身をひいて、札幌にやって来る宇津木を待つようになった。

女は、あなたが辞めろと言ったから辞めたのだという。しかしそんなことを言った覚えはない。いや、ひょっとしたら酔っ払ってそう言ったのかもしれない。いずれにしても記憶がない。

仕事を辞めた女には当然収入がない。宇津木は仕方なく、妻に内緒で金を算段して、女に渡しつづけた。

二ヵ月前、宇津木は、自分は妻がいて、サラリーマンで、お前を養う能力などない。もうこれ以上は無理だから、自分の生活費は自分で稼いでくれないかと言った。その瞬間から女の態度が変わった。

もう一度ホステス稼業に戻って、私の生きる糧《かて》を私が自分で稼ぐようにする代わりに、私の誕生日とクリスマスと新年は一緒にすごしてくれ、と。

そんな無茶なことは言うな。家庭を持つ男が、それも東京に住んでいるサラリーマンが、新年を札幌で迎えられるはずがないだろう。

そう言うと、女は、それならば、私の誕生日とクリスマスと大晦日の夜に、あなたの家に行く、家にいなかったら会社に行くと脅した。

私はなにも無理難題をふっかけているとは思わない。一年にたった三日間を私のために使ってくれと頼んでいるのだ。あなたの奥さんには三百六十二日間も亭主を独占させてあげているではないか……。

「きょう、あいつの誕生日なんだよ」

宇津木民平は、女が立っているであろう路上のほうを指さして言った。

「なんでさっさと別れなかったんだよ」

光生があきれて訊くと、別れ話を持ち出すたびに、あなたの奥さんに逢いに行き、私のこれからの身の振り方の相談に乗ってもらうと脅すのだと宇津木は言った。

「脅しじゃなく、ほんとにやりかねない女なんだよ。それが怖くて、仕方なく逢ってたんだ。俺、女房にだけは知られたくないんだ」

これとまったく同じ状況に追い込まれた男が俺の身近にいたな、と光生は思った。俺の親父だ。親父は妻に知られたくなくて、会社の金を使い込み警察に逮捕されたのだ……。

「いま決着をつけよう。あの女とのことをきれいさっぱり終わらせよう」

光生は宇津木の背広の袖をつかんで応接用のブースから出ようとした。

「どこか三人で話せる場所につれて行くんだ」

「いま？　どこで？」

「あいつ、あそこから梃子《てこ》でも動かないぜ。大声でわめき散らしながら、社に入って来るぜ。そういう女なんだよ」

「腹を決めるんだな。痛い目に遭わなきゃあ膿は出せないよ。腫物ってのは膿を出さなきゃあ治らねェ。それを怖がってたら、敗血症になって、全身に毒がまわって死んじゃうんだ。あの女を怒らせて逆上させるんだ。警察沙汰にでもなってくれたら、こっちのもんだ。宇津木、『ラカン』で待ってろよ。一階の『ブティック・オーサワ』にこのビルの裏側に出られるドアがあるんだ。そこを使わせてもらって、女に気づかれないように『ラカン』に行っててくれ。お前もいっときの恥くらいは覚悟しろよ」

光生は自分の事務机に戻り、窓から路上を見おろしながら、周りの社員たちに聞こえるように、

「あの女、神経にさわるなァ。追い払ってくるよ」

と言って、エレベーターを使わず階段で一階まで降りた。川岸がいてくれたらなァと思った。こんなとき、川岸は頼りになるのだが、きのうから福岡に出張してやがる……。

ビルの玄関から道に出て、マミヤのオフィスを見ると、社員たちが窓ぎわに集まって事

の成り行きに目を凝らしていた。光生は身振りで窓のブラインドを降ろすよう指示してから、女の前に行き、

「宇津木が喫茶店で待ってますよ。ここから歩いて十分くらいのとこです。ぼくが案内します。行きましょう」

と言った。

「なんなのよ、あんた、マミヤの社長さん？」

女からはかすかに酒の匂いがした。

「社長じゃありませんが、宇津木の上司です。労務担当重役ってやつです」

と光生は嘘をついた。

「私、あんたの会社のなかで話をしたいんだけど……」

その女の言い方で、光生は、こんなことは女にとっては初めてではないのだとわかった。

「会社は仕事をするところなんです。男と女が別れ話をする場所じゃないんですよ」

「へえ、あんた、私と民平ちゃんの別れ話をまとめてくれるっていうの？　労務担当重役って、そんなことまでしなきゃあいけないんだァ。そうかァ、民平ちゃん、私と別れたいのかァ」

そう言って、女は光生と並んで歩きだした。

「あなただって、そのつもりで朝からあそこに立ってたんでしょう?」

「私、別れないわよ。民平ちゃんと別れるのは奥さんのほうよ」

「宇津木は女房と別れる気はないですよ。どうです? 宇津木と彼の女房とあなたの三人で一緒に暮らすってのは。宇津木の両親も同居してるから、五人暮らしってことになるなァ」

「私を甘く見ないでよ。札幌から東京見物に来たんじゃないのよ」

「会社ってとこも甘くはないよ。宇津木民平っていう社員を馘《くび》にするには、確たる証拠がいるんでね。使い込んでた金を何に使ってたのか、それがはっきりしてくれると、社としても手間がはぶけますよ。宇津木は、他の社員とは違うんです。社を立ち上げるときから苦労をともにしてくれた、いわば草創の同志ってやつですが、社の金を使い込んでる。それが女房以外の女のためだったって判明したら、情状酌量の余地なしで、私もかばい切れません。宇津木があなたに渡した金の総額は幾らくらいになりますか? だいたいでいいから、金額を証明するものに署名して印鑑を捺していただけませんか。それを突きつけられたら、宇津木は解雇される前に、自分のほうから辞表を出すでしょう。私も草創の同志のひとりとして、そうなることを望んでるんです。宇津木のためにね」

「ふざけんじゃないわよ」

と女は目を光らせて言った。近くを歩いている人々が振り返った。

「あんた、来ないでよ。民平ちゃんは何ていう喫茶店で待ってるの？」

「勿論、社としては、宇津木とあなたの別れ話に首を突っ込む気はありませんよ。私が知りたいのは、宇津木が使い込んだ会社の金が、あなたに渡ってたかどうか。それはどのくらいの金額か。そして、あなたはその金の出所を知ってて受け取ってたのかどうかってことです」

「知ってて受け取ってたら、どうだっていうのさ」

「それは犯罪ですね」

「馬鹿なこと言わないでよ。私にだって弁護士の知り合い、たくさんいるんだからね」

「じゃあ、そのたくさんのお知り合いに相談するんですね」

光生は言って、明治通り沿いに建つ大きなテナントビルを指さした。

「あそこの地下の『ラカン』ていう喫茶店にいますよ」

女がビルの地下への階段を降りて行くのを見届けてから、光生は社に戻った。

たぶん、あの女が社に乗り込んでくることはないだろうとは思ったが、宇津木の家に行く可能性はありそうだった。しかし、それは仕方があるまい。宇津木の妻は悲しいだろうが、それは夫婦の問題だ。宇津木にとっても、若い社員の前で恥をかくよりもましだ。

そう考えながら社に戻ると、何人かの社員が、

「ほんとに追い払っちゃったんですか？　斉木さんて勇気あるなァ」

とか、

「あっちのほうに行っちゃってる女だったら、突然何をするかわからないから、斉木さんのとった行動は危険ですよ」

などと話しかけてきた。

勘のいいやつなら、女がマミヤの社員の誰かを標的としてビルの前に立っていたのであろうと考えるはずだし、その理由もおよそ見当がつくだろうと思い、光生は多くを語らず、自分の頭を指さして、

「うん、ここがおかしい女だったよ」

とだけ言った。

女は、宇津木が自分から逃げようとしていることくらい、とうに知っていたはずで、それなら取れるものを取ってやれと決めて札幌からやって来たのだ。

俺の猿芝居程度で女がおとなしく身を引くはずがない。しかし、みえすいた猿芝居でも少しは効果はあった。自分のために社の金を使い込んだ宇津木民平が解雇されるということは信じたかもしれない。もしそうなら、社に乗り込んでも無駄だと考えるだろう。

だが、あの手の女は、損得勘定よりも先に、男が最も守ろうとするものを壊してやろうとするのだ。そうしなければ気がおさまらないのだ。俺の父親の愛人もそうだった。宇津木もこのまま無傷で事が済むと考えるほど子供ではあるまい……。

光生はそう思いながら、スケジュール・ボードに得意先の名と、五時帰社予定と書いて社を出た。咄嗟の思いつきで、宇津木が社の金を使い込んでいたと女に言ってしまったが、まさかそれが図星だったということになりはしまいかと不安を感じたのだ。

それを宇津木に糺《ただ》してみる場所は社内であってはならない。どこかで宇津木からの連絡を待とう。

光生はそう考えて、やって来たタクシーに乗った。沙都につれて行かれた銀座の「三笠」というコーヒー専門店を思い出し、そこで宇津木を待とうと思った。

タクシーが日本橋付近に来たとき、携帯電話が鳴った。

「コップを俺の顔に投げつけて、いまからあんたの奥さんに逢ってくるって言って出て行ったよ」

と宇津木は言った。

「この顔じゃあ、社に戻れないよ」

額にコップが当たり、赤く腫れあがっているという。

光生は「三笠」の場所を教え、そこで待っていると伝えて電話を切ると、バー・MUROYからかなり離れたところでタクシーを停めてもらい、「三笠」へと歩いた。

宇津木は、二年前から妻の両親と一緒に暮らしている。家は妻の両親のものだ。宇津木の妻には兄と妹がいるが、兄は大手銀行のニューヨーク支店に勤務しているし、妹は亭主と離婚して、自分の生活で手一杯で、どちらも自分の親と同居する気はなく、それならばいずれは土地も家も宇津木夫婦が譲り受けるということを条件に一緒に暮らすことになったのだ。

子供がいないので、宇津木の妻は得意の英語を活かして、週に三日、都内の精密機器メーカーで契約社員として働いている。海外の取引先との電子メールや書類を翻訳する仕事で、勤務時間内に片づかなければ、家に持ち帰ってもいいという主婦としては好条件の職場なのだ。

「三笠」の変わり者の主人は光生を覚えていて、笑顔で迎えた。カウンター席はほとんど満席だったが、店内は静かだった。

「うちの社にも、ゴルフ命ってやつが五人いますよ」

と光生は言った。

「ひとりは入社してまだ二年。こいつは飛び抜けてうまいですね。大学のゴルフ部出身ですから」

「そりゃあ、うまいでしょうね。まだお若いですしね」

「マスターのことを話したら、えらく興味を持っちゃって。ひょっとしたら、もうこのお店に来たかもしれないですね。いつの日か、ぼくが必ず『三笠』のマスターをゴルフ場に誘い出してみせます、って言ってましたから」

光生の言葉に微笑み返し、長谷俊幸は一枚の名刺を持って来た。

「このかたですか？」

「そうです、若田博之。こいつです。やっぱり来ましたかァ」

「十日ほど前、閉店間際に取引先のかた三人といらっしゃいましたよ。でも、自分が大学のゴルフ部出身だなんて、ひとことも言わなかったなァ。愛嬌のあるいい青年ですね」

「愛嬌だけで仕事をしてるようなやつですよ。得難い資質です」

二十分ほど待っていると、ハンカチで額の左側を押さえた宇津木民平が「三笠」のドアをあけた。

「斉木、この恩は一生忘れないよ」

と宇津木は言って、ハンカチを背広のポケットにしまった。

「おい、病院に行ったほうがいいんじゃないか？」

と光生は顔をしかめて宇津木の額の傷に見入りながら言った。コップの底が当たったという箇所は二センチほどの長さで切れかかっていて大きな瘤《こぶ》が盛り上がり、青く腫れた部分は眉のところまで拡がっていた。

「いや、大丈夫だよ。このくらいの罰は受けなきゃあ」

長谷が氷を入れた陶製の鉢を持って来てくれて、これで冷やしたほうがいいと勧めた。

「社の金、どのくらい使い込んだんだ？　正直に言えよ」

光生の言葉に、宇津木は強く首を横に振った。

「接待費をちょっと誤魔化したりはしたけど、社の金には手をつけてないよ、それはほんとだ。それをやったら、もうおしまいだってことくらいは、この大馬鹿者にもわかってるよ」

そう言って、宇津木はハンカチで氷片を包み、それで額の瘤を冷やし始めた。

女に使った金は合計で四百万円弱。その金は母親に嘘をついて貸してもらった。妻に内緒で必要なそんな大金が何に使われるのか、母親におよその見当のつかないはずはないが、黙って貸してくれた。

母親は半年前まで兄夫婦と一緒に暮らしていたが、嫁とどうしてもそりが合わず、兄の仙台への転勤を機にひとり暮らしを始めた。いまは生まれ故郷の岐阜県多治見市で畑仕事をしながら余生をすごしている。七十七歳だが足腰も丈夫で、親が遺して売れないまま長いあいだ空家となっていた家を住めるようにして、荒れるにまかせていた畑を耕した。休作地を畑にするには人手が必要だったので、家の修復費も合わせて二百万円近くかかった。老後のための大切な金を、嘘と承知で貸してくれて、もう母親には貯えというものがほとんどないはずだ。ことしの暮れに返すと約束したが、返せるめどなどない。

兄夫婦とともに仙台に引っ越して同居する以外になかったのだが、もうこの歳で知らない土地で暮らすのはいやだと言ってきかなかった。慣れない土地での生活云々よりも、嫁との日常化した摩擦に疲れてしまっていたのだと思う。

多治見に移ってからは、兄と自分とが毎月五万円ずつ仕送りしている。畑で作物が穫れるようになるのは来年の春からだろう。といっても、自分が食べる程度のもので、それが金に替わることなど有り得ない。

それでも母親は、嫁との同居生活から訣別できたことで気持がらくになったのか、いまのところ意気軒昂だ。家賃が要らないので、兄弟ふたりが送ってくれる十万円と、わずかな年金で、年寄りひとり充分にやっていけると言っている……。

宇津木民平は、そう説明してから、腕時計を見た。そして大きく溜息をつき、

「あいつ、ほんとに俺の家に行ったのなら、もう着くころだよ」

いた。

斉木光生は、きょうは社に戻らなければならない仕事をかかえているのかと宇津木に訊と言った。

「二つ三つ、あるけど、電話で済ませてもいい仕事だよ」

「それなら、きょうは仕事先から直帰ってことにしろよ。その顔じゃあ社に戻れないぜ。社の連中は窓からあの女を見てたんだ。お前がその顔で戻ったら、女とお前とがひとつの線でつながっちゃうよ」

「あしたになったら、もっと腫れてるような気がするなァ……。俺、このまま新幹線に乗って、多治見のお袋の家に身を隠したいよ。母ちゃん、俺、こんな馬鹿なことして、家に帰れなくなっちゃったよォって、泣いてお袋の膝にすがりつきたいよ」

そう言って、宇津木はまた深い溜息をついた。

こいつ、本心から言ってやがる……。光生はそう思い、声を殺して笑った。

「俺もだけど、お前もお母ちゃん子だったんだな」

と光生は言った。

「うん、お母ちゃん大好きっ子で、親父が酒を飲んでお袋を怒鳴ったり、殴ったりしやがったら、こいつ殺してやるって思ったことが何度もあるなァ。でも、俺の親父って消防士で、力が強いんだよ。俺が大学に入って、もう勝てるかもって思ったころに死んじゃった」

光生は宇津木と顔を見合わせて笑い、

「事ここに至ったら、腹を決めるんだな。針の筵《むしろ》に坐りつづけるしかないよ。多治見になんか逃げて行くなよ。そんなことしたら、万智子さんは絶対にお前を許してくれないぞ」

その光生の言葉に、

「俺の家には、女房だけじゃなくて、女房の両親までいるんだよなァ……。どの面《つら》さげて、そんな家に帰れるんだよ」

と宇津木は言った。

「その女房の両親のお陰で、都内の住宅地に、土地付き二世帯住宅が、労せずしてお前のものになったんじゃねェか。お袋さんの老後のための金までむしり取って、なにが多治見に逃げて行きたいだよ。お前が多治見に行くのは、四百万円に利子をつけて、お返しにあがるときだよ」

「そんな金、どこにあるんだよォ」

「桜の木の下に」

光生は言った。沙都が本気で持ちかけてきた話を順序立てて説明しようかと思ったが、宇津木は氷片を包んだハンカチを額の瘤にあてがったまま、テーブルの上に置いた携帯電話に神経を注いでいた。

心ここに在らず、だなと光生は思い、

「俺は、社に戻るよ。あっ、そうだ、お前に訊かないとわからない用件があったんだ」

と言い、取引先が知りたがっている数字を訊いた。数字は宇津木の口から淀みなく出た。

光生はそれを手帳に書き「三笠」を出ると社に戻った。

三日後、光生が出社するとすぐに福井県武生市で自分の妹と蕎麦屋を営んでいる母から電話がかかってきた。母の妹の初音《はつね》叔母さんが死んだという。

「いつ?」

と訊くと、母の初香《はつか》は、一時間ほど前だと幾分興奮しているような口調で答えた。

初音は朝風呂が好きで、毎朝六時に起きるとまず自分で風呂に湯を溜めて、ゆっくりとそこにつかる。いつもはたいてい三十分ほどで風呂場から出て来て、母が用意した朝食を食べるのだが、今朝は一時間たっても出て来なかった。

朝から長湯は体に良くないよと声をかけても返事がない。風呂場からは何の物音も聞こえない。いやな予感がして風呂場の戸をあけると、初音は浴槽のなかに沈んでしまっていた。

母は初音の脇の下に手を入れて、なんとか上半身を湯から浮きあがらせてから、救急車を呼んだ。救急隊員が到着したときには、心臓も停止していたし、呼吸もなかった。いま死因を調べている……。

「いま、どこ？」

と光生は訊きながら、手帳で自分のスケジュールを確かめた。

「いま、病院にいるのよ」

と母は言った。

「午後の新幹線に乗るよ。ひょっとしたら三時ごろのになるかもね。あしたは土曜日だなア。佑子と子供たちは、あしたそっちへ行くようにするよ。通夜も葬式も日取りは決まってないだろうけど、お母さんひとりじゃ、大変だろう？」

「せっかくの休日なのに、すまないねェ」

「死者は日を選んでくれないよ。お母さんが謝ることじゃないよ」

「さっき、葬儀屋さんが来て、お通夜《つや》はあしたの土曜日、お葬式は日曜日の十二時半からって決めて帰ったのよ。私、誰にもしらせてないのに……」

「病院と葬儀屋ってつながってるんだよ」

光生が電話を切った途端、川岸知之がやって来て、

「宇津木、携帯電話を替えやがった」

と言った。家の階段から落ちて額に怪我をしたという理由でもう二日も社に出てこないので、心配になって宇津木の携帯電話にかけてみたら、この電話はもう使われていないという。

「あいつ、なんで携帯電話を替えたんだ?」

川岸の問いに、光生は引き出しをあけて、宇津木の机の上に置きっぱなしになっていたノート型パソコンを見せた。あれから社に戻った光生は、他の社員の目を盗んで宇津木のパソコンを自分の引き出しにしまっておいたのだ。

光生は川岸を近くの喫茶店に誘い、コーヒーを飲みながらあらましを説明した。

「その女、宇津木の家に乗り込んだのか?」

「わからないんだ。あれっきり、宇津木から連絡はないよ」

「乗り込んだんだな」

と川岸は言った。

「どうしてそう断定できるんだ?」

「勘だ。宇津木のかみさんはなァ、根性があるんだよ。女は宇津木の家に乗り込んで藪蛇になったはずだよ。一件落着だ。宇津木とかみさんとの夫婦の問題は残るだろうけど、まあそれはしょうがないよな。あいつ、ひょっとしたら家を追い出されて、漂泊の身かもしれないぜ。まあそのうち新しい携帯から電話してくるよ」

そう言って川岸は笑った。

光生が、武生の叔母が死んだことを話していると携帯電話が鳴った。画面には思い当たりのない電話番号が表示されていたが、光生は宇津木からだと確信した。

「お前、いまどこにいるんだ」

と光生は訊いた。

「家」

宇津木は小声で言った。

「女は来たのか?」

「来たよ。玄関先で大声でわめきちらしたらしいよ」

「それで?」

「女房が、女の横っ面を思いっきり張り倒したんだ。そしたら女が逆上してつかみかかってきて、止めに入った女房の親父がそこで咄嗟に一芝居うったんだ」

「どんな?」

「女に突き飛ばされたふりをして、わざと転んだんだ。腕を押さえて、痛い、痛いって叫んで……。そこに女房のお袋さんが加担して、お父さん、大丈夫? 大変! 腰の骨が折れたかも、って……。お袋さんは、それが芝居だってこと、わかってたんだって。女房とお袋さんとで親父さんを介抱してるうちに、女はどこかに消えちゃったそうだよ」

光生は聞いているうちに笑いを抑えられなくなった。川岸が光生の携帯電話を奪い取り、

「ひどい目にお遭いになったそうで、心よりご同情申し上げます」

と言った。

「座敷牢で謹慎中? ざまあみやがれ。女房以外の女は手加減なんかしてくれないんだぞ。思い知ったか、大馬鹿者めが! 俺? うん、一回だけ似たようなことをしたな。もうこりごりだよ。妻の慈悲は海よりも大きいよ」

そう言って、川岸は携帯電話を光生に返すと、これから得意先廻りで北陸に出張だと耳打ちして社に戻って行った。

「俺のパソコンを誰かに家まで届けてもらってくれないかなァ」

と宇津木は言った。

「あれがあると家で仕事ができるんだよ。わざわざ家まで来てくれなくても、駅まででも

いいよ」

私鉄の最寄りの駅名を教え、もし誰かが持って来てくれるなら、自分は駅で待っているという。

光生は了解し、電話を切ると社に戻り、宇津木の担当部署に行った。大学でゴルフ部員だった若田博之がいたので、光生は宇津木の言葉を伝えた。

「三時まで待機中ですから、それまでに帰って来られるんでしたらお届けします」

と若田は言った。光生は、宇津木の新しい携帯電話の番号を教え、

「階段から落ちたとき、携帯も壊れちゃったんだって」

と言い、宇津木のパソコンを渡したが、出かけようとした若田を呼び止め、自分の机に行くと、沙都から渡された黄色い封筒を引き出しから出した。

「これも渡してくれよ。俺は今夜、武生に行くって伝えといてくれ。叔母が死んだんだ。あした通夜で、あさってが葬儀なんだ」

「武生って、福井県の武生ですか？」

と若田は訊いた。武生から少し山側に行ったところにあるゴルフ場でキャディーのアルバイトをしたことがあるという。

「秋のハイシーズンに十日間だけだったんですけど、ブヨにやられてひどい目に遭いまし

た。海に近い山間部って、ブヨが大量に発生するときがあるんです。ぼくが行ったときはたまたまそんな年で、耳の下を三ヵ所咬まれただけなのに、三日間病院で点滴を受けたんです。首のリンパ腺のあちこちが腫れて、熱が出ちゃって。武生って聞くだけで、あのブヨの大群を思い出して鳥肌が立ちますよ」

身長がもう五、六センチ高かったら、本気でプロゴルファーを目指したかもしれないという若田は、宇津木のパソコンとぶあつい封筒を自分の鞄に入れた。

「三笠に行ったんだって?」

妻に叔母の死を伝え、喪服を出しておいてもらわなければと思いながら、光生は笑顔で訊いた。

「きのうも行きました。あのマスター、また練習を再開したんですって。住んでるマンションから車で四十分のところに広くて打席も多い練習場をみつけたそうで……。ぼく、絶対にあの人をゴルフ場につれて行きますよ」

カラオケでは古い演歌しか歌わない二十五歳の若田はそう言って微笑んだ。

「野球のピッチャーにはブルペン・エースってのがいるでしょう?　ゴルフの練習場にもそんなのが山ほどいるんですよ。三笠のマスターにゴルフ場の恐しさを思い知らせてやります。でも、あの人、色っぽいですよね。ぼく、男に色気ってのを感じたのは、あの人が初めてですね。何なんでしょうね。あの色気って……。とりたてて美男子でもないし、格好つけてるわけでもないし……。だけど、筋金入りの地味なお洒落には年季が入ってますよね」

「へえ、そうかい、俺は彼のお洒落には気がつかなかったなァ。そこまで目が行かなかったよ。男の色気かァ……。そこはかとない自堕落さは漂ってるけど、その自堕落なところに不潔感はないっていう感じはするね。だけど、俺は男だから、男に色気を感じたことはないなァ」

「ぼくも男に興味なんかないです。でも、三笠のマスターを見た瞬間、あっ、こういうのを男の色気っていうのかなァって思っちゃいました。この人がもてなくて、世の中のどんな男がもてるんだって気がしましたね」

そんなしゃくな男だから余計にゴルフ場でぎゃふんと言わせたいと笑ってから、短く刈った癖毛を手で撫でつけながら若田博之は階段を駆け降りて行った。

仕事をあわただしく片づけると、光生は三時過ぎの新幹線に乗った。喪服は、子供たちと一緒に夜にやって来る妻が持って来てくれることになった。

叔母がいなくなったら、母はどういう身の振り方をするのであろう。そしてあの武生駅から歩いて五、六分のところにある蕎麦屋はどうなるのだろう。

新幹線が走り出すと、東京の街を眺めながら、光生は初音おばさんがいなかったら、自分たち一家はいったいどうなっていただろうかと思いながら、市町村合併でまもなくその名が失くなるという武生市の駅の周辺の、四十年前のたたずまいを脳裏に描いた。

父が不祥事を起こしたとき、光生の一家は武生よりも少し南にある福井県敦賀市に住んでいた。そこは滋賀県との県境に近く、昔から冬は豪雪地帯で、バスで滋賀県のほうへと行くとすぐに琵琶湖が見えてくるのだが、その光景は、光生の心にわずかながらも鮮明に残っている。

低い山と山に挟まれた農村を抜けると、ふいに琵琶湖の北西部の湖面と出合う。とても湖とは思えない大きさで、湖岸は西と東へ深くえぐれた形で広がっている。しかし、押し寄せる波濤といったものはない。どんなに風の強い日でも、湖岸に打ち寄せる波は光ってはいない。それだけが、湖であることの唯一の証しだった。

「あれはうまいぞォ。焼いてよし、煮てよし。琵琶湖の冬鴨は脂が乗って、肉に臭みがないんや」

湖面で群れを成している野生の鴨を見て、父が言った言葉の、その声も光生は覚えているが、それ以後の父の言葉となると、小学五年生になったころに再び一緒に暮らし始める日まで途絶えている。

だが敦賀から武生に移り住んで半年ほどで父はまたいなくなった。大阪に職をみつけて、単身で働き始め、それきり姿をあらわすことはなかった。

愛人のために使い込んだ金額はさほど大きくはなかったのと、勤め先の社長の、恩情ある判決を嘆願する書状で実刑判決は免れたが、夫婦のあいだにできた溝を埋めることはできなかった。

なによりも父自身が卑屈になってしまって、日がたつごとに僻《ひが》み根性が強くなり、その裏返しとして妻に暴力をふるう男になっていったのだ。

しかし、父はわずかではあったが妻子への仕送りはつづけてくれて、それは光生が高校を卒業するまで毎月滞ることはなかった。

初音叔母の夫が死んだのはそのころだった。市役所に勤めていて、朝出勤してすぐに役所の廊下で倒れた。クモ膜下出血で、救急車が着いたときにはもう死んでいた。

初音叔母に蕎麦屋をやってみないかという話が舞い込んだのは、叔父が死んで半年ほどたったころで、すでにその蕎麦屋はいまの場所で営業していたのだ。

店主が脳出血で倒れて寝たきりとなり、跡を継ぐ者もいないとあっては店を閉めるしかない。しかし昭和の半ばに創業して、その味が評判を呼び、滋賀や米原《まいばら》からも客が足を延ばして訪れ、越前海岸の温泉宿に泊まる客たちの多くも帰りには必ず立ち寄る「福寿亭」を閉めさせたくないという店主の妻は、店を買ってくれる人はいないかと役所の知り合いに相談した。

初音叔母とは幼馴染みの職員から、「福寿亭」が売りに出ている話を耳にして、当時、旅館の仲居として働いていた光生の母は、やってみたらどうかと勧めた。

元来、病弱だった福寿亭の主人は、父親の代から蕎麦打ち専門の職人として働いてきた男を頼りにしていた。福寿亭がなくなると、その男の蕎麦打ち職人としての技術も絶えてしまう。男もまだ六十になったばかりで、福寿亭が店を閉めるならうちに来てくれとあちこちから声がかかっているそうだが、本人は武生を離れることはまったく思いのほかで、身の振り方に苦慮している。

蕎麦作りは当面、男にまかせて、思い切って蕎麦屋を営んではどうか。亭主が残してくれた金もやがては尽きるのだ。まとまった金があるあいだに買ったらどうか。店舗の二階は住居になっているのだから、いま住んでいる家と土地を売って、福寿亭の二階で暮らせばいいではないか……。

光生の母・初香は、決心が尽きかねている妹に替わって、価格の交渉も、蕎麦打ち職人との話し合いもしてやった。

意を決した初音叔母が福寿亭を買ってからも、母は越前海岸の料理旅館の仲居をつづけたが、ひとりになって寂しがる妹に請われて、福寿亭の二階で一緒に暮らし始めた。暮らしているうちに、勤めが休みの日は店を手伝い、やがて蕎麦の打ち方、出汁の作り方などを教えてもらうようにもなった。

母に言わせれば、女に蕎麦が打てるもんかという職人に邪険に扱われながらも、その技術を目で盗もうと努力したのだという。

やがて男は、自分ももう歳で、そろそろ店を辞めて、好きな釣り三昧の老後に入りたいと言いだした。

子供たちも大きくなり、孫も五人に増えた。初香さん、あんたは筋がいい。蕎麦打ちの勘どころがわかっている。それが商売になると女にはつらい力仕事だが、本気でやるというのなら、俺の蕎麦打ちの技、全部伝授してやるよ。俺も、俺がいなくなったあとの福寿亭が心配だからな、と。

母は妹からも強く懇願されて、自分に本職の蕎麦が打てるようになるだろうかと不安を抱いたまま男の弟子となり、福寿亭の二階で姉妹ふたりの共同生活を始めたのだ。

男から免許皆伝と言われたのはそれから三年後だった。

武生の町には昔から蕎麦屋が多い。蕎麦といえば東京とか信州の名があがるが、福井の蕎麦には当たり外れがないと高く評価されている。駅の立ち食い蕎麦でさえ、東京の一流店のそれよりもうまいという人がいるくらいなのだ。

そんな、いわば蕎麦屋の激戦地で、母の打つ蕎麦は贔屓客をたくさん摑んでいき、何誌かの雑誌でも紹介されるようになった。

調理場は母が、客の応対は叔母が、という役割分担も店の経営に合ったのだ。叔母は愛想が良いが、余計なお喋りはしない。客に話しかけても、うっとうしがられるところまでは入っていかない。その呼吸は天性のもので、子供のときからそうだったという。母は人見知りする性格で、お世辞を口にできない子供だったので、幼いころはよく「気が利かない」と周りから言われ、そのために余計に人前に出るのが苦手になったのだ。

米原駅から北陸本線に乗り換えると、光生は、ことしの初雪はいつごろになるだろうと考えた。

敦賀も雪の多いところだが、武生はその比ではない。北陸トンネルの南側と北側とでは、これが同じ福井県かと思うほど降雪量に差があるのだ。敦賀の町や山に薄く雪が積もった日に電車で武生へ行くと、そこは一メートル近い豪雪で覆われた、まったく異なる風景に変貌する。たった一本のトンネルが、同じ県内の敦賀と武生を別世界に変えるのだ。

カニ漁は十一月初旬に解禁になっているが、武生の町に初雪が降るのはまだ一ヵ月ほど先だなと光生は思いながら、叔母の急死による葬儀のために帰って来たことを忘れて、多少浮き立つ気分で武生駅に降りた。懐かしいふるさとに帰って来たという思いだった。

武生はかつての城下町で、空襲も受けなかったので古い家が多く残っている。北陸の小さな町にしては駅前には多くの店舗が並び、昔ながらの商店街が一筋だけではなく碁盤の目状の道につらなっている。

けれども、商店の多くはショッピングセンターの進出によって閉業を余儀なくされ、シャッターを降ろしたままのところが年々増えつづけている。

改札口を出たところで、光生は声をかけられた。喜田という高校の同級生が、セーラー服を着た中学生らしい娘と一緒にいた。

「急なことやったなァ」

とその同級生は言い、自分の軽自動車で福寿亭まで送るから、ちょっと待っていてくれと引き留めて、プラットホームに歩いて行く娘に手を振った。

娘は来年、京都の私立高校を受験するので、願書を貰いがてら、その学校を見学しに行くのだという。学校の名を訊くと、いま室井由菜が在学中の学校名が喜田の口から出た。

「あそこは、京都では名門の進学校なんだろう?」

「ああ、受かるかどうかわからんが、本人が受けてみたい、ちゅうんで。ひとり娘やから、親としてはできるかぎりのことはしてやりとうてなァ」

喜田は駅のすぐ横にあるホテルの前に停めてある軽自動車へと急ぎ足で戻った。ホテルの従業員が待ち構えていて、ここに車を停めてもらっては困ると言った。

「すまん、すまん。娘を送って来ただけや。降ろしたらすぐに帰るつもりやったけど、米原から電車が着いたから、ひょっとしたら友だちが降りてくるかもしれんと思うてなァ」

喜田は車を発進させ、交差点の信号で停まった。

「えっ？　俺を待っててくれたの？」

「ひょっとしたら光生が乗っとるかもっちゅう気がして。ええ勘じゃろう」

それから喜田は、お前の叔母さんの遺体は病院から斎場へと移されたが、お前のお母さんはいま家にいると教えてくれた。喜田は、叔母が搬送された病院の事務局に勤めているのだ。

「救急隊員が死亡を確認したんやが、風呂のなかで死んじょったから、いちおう病院に運ばれたんや。うちの医者は心筋梗塞っちゅうことにしよった。二年前から狭心症の治療を受けとったからなァ。朝風呂の習慣はやめるようにって、病院に来るたびに医者は言うとったそうや」

福寿亭は、かつての遊郭の一角にある木造の二階屋で、小さな看板がなければ古い民家にしか見えなかった。隣はひとり暮らしの老人が暮らす家で、その隣は自転車店だが、店を閉めてもう五年になる。さらにその隣は老舗の和菓子屋で、いまは四代目が跡を継いでいる。

光生を福寿亭の前で降ろすと、喜田は勤め先の病院へと戻って行った。

福寿亭の向かい側にも古い民家や店舗が軒を並べていて、その軒先には鉢植の植物が置かれている。道の真ん中に幅一メートルほどの疎水が流れている。夏には長い柄杓でその水を汲み、打ち水をするのだ。

光生は厚い木の引き戸をあけ、暗い店内に入ると、二階への階段のところから、

「ただいま」

と言った。喪服に着換えていたらしい母が顔を突き出し、

「わざわざ、ありがとうね」

と言いながら階段を降りて来た。

「ありがとうもなにも、ネー叔母さんのお葬式だよ。帰って来るのは当たり前だよ」

母は初香で叔母は初音。まぎらわしいので、ふたりは小さいころから、かっちゃん、ねっちゃんと呼ばれてきた。光生は叔母をネー叔母さんと呼んだのだ。

喪服の上着のボタンをとめると、母はその上からカーディガンを羽織り、茶を淹れてくれた。

「お通夜はあしたの夜で、お葬式はあさってだろう？　いまから喪服に着換えなくてもいいんじゃないか？」

光生が言うと、

「あっ、そうだよね。なにもいまから喪服姿にならんでもねェ……。私、やっぱり平常心じゃないんやわ」

母はそう答えて、すぐに二階にあがり、普段着に着換えて戻って来て、お香典は辞退したいのだがどう思うかと訊いた。

昔、きょう食べるお金もないという状況だったとき、子供のころから仲良しだった友だちが三十歳の若さで死んだ。お葬式に参列したかったが、お香典代がなかった。お香典を持たずに葬儀に行けない。心のなかで友だちに謝りながらも、お葬式に参列するのをやめた。そのとき、自分の葬儀では香典を辞退しようと決めたのだ。

たとえ千円のお金でもつらいという状況に置かれている人もいるかもしれないからだ。

何かの折に、その話を妹にしたら、ほんまやなァ、お香典代がのうてお葬式に行けんなんて、つらいもんなァと言った。だから、お香典辞退のお葬式をしても、妹は怒ったりしないと思う……。

光生は、お母さんがそうしたいならそうすればいいではないかと答え、

「この店、どうするの？」

と訊いた。

「まだそこまで考える気にならんわ。ねっちゃんが死んでまだ十二時間もたっとらんのに」

母はそう言い、しかし、私もねっちゃんも七十を過ぎているので、ときおり、どちらかが死んだときのことを話し合ったことがあるとつづけた。

「かっちゃんが死んだら、蕎麦を打てるもんがおらんようになるから店を閉めるしかないが、私が死んでも、体がつづくかぎり、かっちゃんひとりで福寿亭をきりもりしてくれっちゅうのよ。福寿亭の蕎麦の味は、前の経営者の時代から脈々と受け継がれてきて、武生の蕎麦といえば福寿亭とまで言ってくれる人がぎょうさんおる。その暖簾を降ろすのは文化の消失や、っちゅうて。そやけど、私も七十二やからねェ。蕎麦打ちは重労働や。自分らが食べる三、四人分を打つのは、どうっちゅうことはないけど、多いときは一日に八十人分打つ日もあるんや。そういうときは、さすがに、ああ歳やなァって思うわ。手首や肩や腰が痛うて、夜、眠れんときがあるんや。……一人息子は跡を継いでくれそうにない

しねェ」

母は、からかうように言って笑みを浮かべた。

「えっ？　俺に跡を継いでもらいたいの？」

光生は驚いて訊き返した。そんなことは考えたこともなかった。

「冗談や。お前には大事な仕事があるんや」

店先にバイクが停まり、大きな発泡スチロールの箱を持った男が引き戸をあけた。光生の携帯電話にメールが入ったことをしらせる音楽が鳴った。

――いま名古屋を過ぎたあたりです。20時48分に武生着です。

妻の佑子が送ってきた携帯メールを読み、予定よりも一時間ほど早い新幹線に乗れたのだなと光生は思い、それを母に伝えた。

発泡スチロールの箱には、生きている雄の越前ガニが三杯とよく肥った鯖が一匹入っていた。

「私らには手が出んのやけど、爪の取れたのがあるっちゅうから頼んだのよ。爪がひとつ取れただけで、一万円のが三千円になるからねェ」

母はそう言って調理場に行くと、蕎麦をゆがくための、古くなっていまはもう使わなくなった大きな鉄鍋を洗い始めた。

こんなに新鮮なカニは、料理屋では生で食べさせるし、地元の人間もそうするのだが、母も叔母も、ミディアムくらいに茹でたものが好きだった。

生きている大きなカニを程良いミディアムに茹でるのは難しい。甲羅や殻の厚さは、カニによって異なるし、それは見た目ではわからないからだ。

「茹でるのは、佑子さんと茉莉と康生が着いてからにしようね」

母は大鍋を洗い終えると、そこに水を張り、ガスコンロの上に載せようとした。その持ち上げ方で、光生は母の七十二歳という年齢を思い知った。慌てて光生は大鍋を持ち上げるのを手伝いながら、母が福寿亭をひとりで切り盛りするのは困難だと思った。

「パートの人を雇ったら？」

日が完全に落ちて底冷えがするようになった店内の暖房機にスイッチを入れながら、光生は言った。

「人を雇うたら、余計な気も遣わにゃいかんようになるから」

母はそう応じ返し、鯖を三枚におろし始めた。今夜は息子と嫁と二人の孫に、越前ガニだけでなく「ねじり鯖」もふるまうつもりだなと光生は思った。

三枚におろした鯖の身を両手でねじり、金串を二本通して、ねじりが戻らないようにして、炭火で焼くのだ。

ねじったことでどんな効果が出るのかわからないのだが、焼いた「ねじり鯖」は、普通の焼き方をした鯖とは明らかに異なるうまさに仕上がるのだ。若狭地方では昔から伝わる鯖の焼き方だった。

「こないだ久美江ちゃんが籾殻《もみがら》が付いたままの新米を送ってくれてねェ。鯖をおろしたら、山崎さんとこで精米してもらいに行ってくるわ」

昔、福寿亭でアルバイトをしていた女子高生は、福井市近郊の農家に嫁いで、毎年、自分の田圃で作った米を籾殻付きで送ってくれる。それを近くの米屋に持って行き、その日食べる分だけを精米してもらい、糠《ぬか》と一緒に持ち帰るのだ。

米屋もいやな顔ひとつせず精米してくれる。母はお返しに打ちたての蕎麦を壜に入れたつゆと一緒に届ける。

「ネー叔母さんの遺体は、あしたの夜までどうしてるの？」

と光生は訊いた。斎場にはお通夜が始まるまで安置しておく部屋が別にあるのだと母は答えた。

「ちょっと顔を見てこようかなァ」

「ああ、佑子さんらが来んうちに行って来たらええ。可愛らしい死顔や。ちょうどええ湯加減の、大好きな朝風呂につかっちょるような顔や」

と言って母は笑った。

光生は、道を隔てて三軒西側の「高瀬昆布店」に行った。高瀬家の長男である義直は、中学も高校もずっと同じクラスで、京都の私立大学を出てしばらく百貨店勤めをしたあと、家業を継ぐために武生に戻って十年ほどたつ。

かつて北前船の寄港地だった福井県は、昆布の消費量が日本で最も多いところなのだ。

店に入ってきた光生に気づくと、店の奥の事務所にいた高瀬義直は誰かと電話で話しながら、身振りでしばらく待ってくれと伝え、事務所の椅子を指さした。

光生は椅子に腰かけて、顔見知りの従業員のお悔やみの言葉に礼を述べた。

「急なことやったなァ。お前の母ちゃん、これから寂しいなるなァ」

電話を切ると、高瀬はそう言い、従業員にもう仕事を終えて帰るよう促した。

「車を貸してくれないかなァ。斎場に行って、叔母さんに逢ってこようと思って……」

光生の言葉に、高瀬は、俺が送って行ってやると言った。そして、いまの電話は妻からだと前置きし、従業員が帰ってしまうのを待って、

「病院からや」

と顔をしかめて言った。

「えっ！　何か悪い病気でもみつかったのか？」

「もうじき妊娠四ヵ月やと」

「えっ？　福美さん、幾つだった？」

「俺とおない年。もうじき四十四。息子を産んで十五年たっとるんやぞォ。十五の息子と十七の娘に、どう伝えたらええんやろ……」

「おめでたいことじゃないか。年頃の娘と息子に言うのは照れ臭いだろうけど、夫婦の仲がいい証しだよ」

肉類が嫌いで、ほとんど魚と野菜しか食べない高瀬は、そのお陰なのか体に贅肉というものがまったく付いていない。身長も同年代の男の平均よりも三、四センチ低いので、一見ひ弱そうに見えるが、運動神経が良くて、マラソンをさせても卓球をさせても、たいして練習もしていないのに常に三位より下だったことはない。

「一発命中やがな」

そう高瀬はつぶやき、えらいことになったと腕組みをして溜息をついた。

妻とそのような事に及ぶのは年に三、四回と疎遠になっていたのだが、同業者の寄合いで和歌山の温泉に行き、お座敷ストリップショーを間近で観て劣情が刺激され、帰宅した夜、じつに久しぶりに妻の体に触れた。

急にどうしたの、といぶかりながらも、妻もにわかにその気になってしまって、五ヵ月ぶりの営みに応じたが、それ以後、きょうまで同じ蒲団で寝ることはなかったという。

「あの晩やがな。あの晩しかないがな。一発命中、ど真ん中に……」

その高瀬の言い方と表情がおかしくて、光生は笑いながら、

「ナイス・ピッチングというのか、ナイス・バッティングというのか……。とにかく、おめでとう。でも高齢出産なんだから、福美さんに無理をさせないようにしないと」

と言った。

「親父の認知症が進んで、我が家は大変なんじゃ。お袋だけじゃもうどうにもならんようになって、福美が毎日面倒を見に行っとる。こりゃあなんとかせにゃあ」

「親父さん、まだ七十五くらいだろう？」

「二年前にアルツハイマーやって言われてなァ。あれよあれよっちゅうまに症状が進んで、ことしの夏の終わりくらいに、自分の奥さんの名がわからんようになって、いまはわしを見ても『あんた、誰や』って訊きよる。厄介なことになったなァと思うた矢先に階段から落ちてなァ、脚の骨を折りよった。手術をして骨をボルトでつないで、なんとか治ったのに、なんぼ医者に言われてもリハビリをせんのや。それでいまは寝たきり。歩かんもんやから、脚の筋肉が細うなって、太股なんて、このくらいしかないんや」

高瀬は両の掌で直径十センチくらいの輪を作った。

「筋肉っちゅうのは、付けるには時間がかかるけど、失くなるのはあっというまなんやなア……。脚の骨を折って、たったの三ヵ月とちょっとしかたっとらんのやで」

車のキーを持つと、高瀬は光生と一緒に店を出てシャッターを降ろした。

風が強くなっていた。夜の風は、東京のそれとはあきらかに異なる冷たさで、光生は幼少期と思春期をすごしたふるさとが都会ではなく日本海に近い北陸の地であることに一種の歓びに似たものを感じた。

都会に疲れたら帰れる場所があるというのは、やはりありがたいと思わなくてはならない……。

光生は、そんなふうに考えたことはこれまで一度もなかったのだ。

高瀬の運転する軽自動車の助手席に乗って、町の大きさに比して神社仏閣の多い、碁盤の目状の細い道を進みながら、光生はあすの昼頃、茉莉と康生を越前岬へつれて行きたいと思った。

小さな漁港の防波堤や消波ブロックには、かもめと海猫の群れが羽を休めている。その姿を、大都会での暮らししか知らない娘と息子に見せておきたかった。

父と母が別々に暮らすようになった本当の理由を知ったのは、光生が中学一年生のときだった。

それまでは、父は請われて大阪で働いていて、仕事が忙しくて休日にも帰って来ることができないのだとばかり思っていたのだ。父はそれほどまでに忙しい仕事に従事しているのだ、と。

しかし、真相を知ったとき、夜が明けるのを待って、光生は自転車にまたがって海をめざしてペダルを漕ぎつづけた。

もう家には戻らない。このまま越前海岸のどこかの港から自転車ごと海に突っ込んで、海底に沈んでも漕ぎつづけて死んでやる。

全身が爆発してしまいそうな何かを抑えながら、やみくもに自転車を走らせて、どこかの小さな港に辿り着いた。戸数が百ほどの集落が、港の周辺に散らばっていた。

霙《みぞれ》が北から吹きつけていた。

あの防波堤へとつづくコンクリートの栈橋を猛スピードで走って海へ突っ込むのだ。よし、行くぞ。

そう思った瞬間、うしろから声をかけられた。タオルで頰かむりをした老人が立っていた。

「あれはかもめや」

と老人は防波堤に視線を投じたまま言った。

「何羽くらいおるかなァ。七十羽っちゅうとこやが、坊やは気がつかんか？」

何のことだかわからず、光生は視界をかすませる霙のなかでかもめの群れを見つめた。

「なかには一羽か二羽、臍《へそ》曲がりがおるがのお。それ以外のかもめはみんなおんなじ方向を向いとるやろ」

言われてみれば確かにかもめたちは、霙が吹きつけてくる方向よりも少し東のほうに顔も体も向けていた。

「なんで、あいつらはみんなおんなじ方向を向いちょると思う？」

老人は、かすかに笑みを浮かべながら、光生にそう訊いたのだ。

これまでそんなことを考えて海鳥の群れを見たことはなかったので、光生は厄介な老人に話しかけられたものだ、おおかた、朝から酒に酔っているのであろうと思いながら、

「わからん」

と無愛想に答えた。

「あいつらは風の吹いて来るほうを向くんや」

と老人は言った。

「北東の風のときは北東に。西の風のときは西に。そやから、かもめや海猫の群れが羽を休めるときにどっちに向いとるかを見たら、そのときの風向きがわかるんや」

老人は、いまのようにはっきりと北東の風だとわかるときだけではなく、機械や人間の感覚でも判別できない、およそ風とは呼べない空気の流れであっても、あいつらは感じ取って、その方向に向くのだとつづけた。

「どんなにええ天気で、人間も機械も無風としか感知でけんでも、風っちゅうのはやむことはないんじゃ。空気は絶えず動いちょる。刻々と動き方を変えて動いちょる。海鳥を騙せる風なんかないぞォ。あの波を見てみぃや。でっかい剣山みたいになって押し寄せてきよるやろう。そやけどあれは海のほんの表面や。海の底の潮は逆のほうへとゆっくりと動いとって、その力はたかが波とは比べもんにならん強さやが、人間の目には見えんのや」

へえ、そうなのか。かもめや海猫の群れは、風の吹いて来る方向を向いて羽を休めるのか。知らなかったなァ……。

妙に感心して、光生が消波ブロックのあちこちで寒風に身を縮めているかのようなかもめの群れを見ているうちに、老人は県道を東へと歩いて行き、霙のなかに姿を消してしまった。

気勢がそがれてしまい、光生は自転車を思いっきり漕ぎながら海へと突っ込むことなどできなくなったのだ。そうなると、にわかに寒さが全身を包み込んで、いっときも早く暖かいところに行きたくなった。

その場を離れ、元来た道を懸命に自転車を漕いでいくうちに、光生は、かもめの群れに交じって風の吹く方向に向かって立っている自分の姿を空想した。そんな自分を、遠くから見てみたいという思いがふいに強い願望となって光生に迫ってきた。

それが、自分を見たいと思った最初の日なのだ。鏡に映った自分ではなく、見られていることを意識していない自分を遠くから見たいという思いは、四十代に入ってさらに強くなっている。

斎場の駐車場に軽自動車を停めると、高瀬義直は光生と一緒に遺体安置所の入口まで来て、自分はここで待っていると廊下の椅子を指さした。

係員に頼んでネー叔母さんの遺体と対面したが、安置所は人が長くいられるようには造られていなかった。

光生は、叔母に感謝の言葉をささやき、

「ほんとに好きな朝風呂につかって、ああ、ええ湯やなァって言ってるような顔だねェ」

とつぶやき、安置所から出た。

「ネー叔母さんは、日々の生活の安定を与えてくれたどころか、お袋に生き甲斐まで与えてくれたんだ。大を百個つけても足りないくらいの大恩人だよ」

光生の言葉で、

「福寿亭はどうなるんや？　お前のかあちゃん、ひとりでやっていけるかァ？」

と義直は訊いた。

「さあ、どうしたらいいのかなァ。お袋は七十二だからなァ。いまの七十二歳なんて、まだまだ隠居するほど老いてないけど、蕎麦打ちってのは重労働だから。お袋は、お前が継いでくれるわけじゃないしねエって言ってたよ」

駐車場へと歩きながら光生はそう言った。

「そうや、お前が跡を継いだらええんや。それでめでたしめでたしやぞォ」

と義直は言った。

「俺はマミヤを辞める気はないよ。マミヤの文具をもっともっと発展させるんだ。日本のマミヤを世界のマミヤにするんだよ。本気だぜ。シェアを世界的にするんじゃないんだ。品質を世界的なものにするんだ。手帳も筆記具も、うちは専門メーカーに外注するから、その製品の質についてのマネージメントをどうやって確立していくか。マミヤはやっとその足場を築きつつあるんだよ」

光生はそう言いながら義直の軽自動車に乗り、少し早いが武生駅に行って妻たちを待とうと思った。

義直は、高瀬昆布店の前で車を停め、自分は家まで歩いて帰るので、好きなようにこの車を使ってくれと言って、キーを手渡した。

「使わんときは店の横の空地に停めといたらええから」

そう言って、義直は店から歩いて十分ほどのところにある家へと帰って行った。


翌朝、近くの寺の鐘の音で目を醒まし、隣の蒲団で寝ている息子の康生を見ると、目は閉じているが何度も寝苦しそうに寝返りをうっていた。

「起きてるのか?」

と訊くと、康生はあの鐘の音、なんとかならないのかと不機嫌そうに言った。

「朝の六時に十回鳴らすんだよ。お昼の十二時と夕方の六時にも」

「五時にも鳴ったよ」

「ああ、それはもっと東のほうにあるお寺の鐘だ」

通夜は夜の七時からで、それまでは何もすることがないのだから、もう一度寝よう、寺の鐘は六時以後は鳴らないはずだと言って、光生は目を閉じたが、

「誰かがお風呂に入ってるんだけど」

という康生の言葉で、襖で隔てられた隣の六畳の間を覗いた。母と妻と娘の茉莉が寝て

いた。

「ネー叔母ちゃんの幽霊かな」

と康生は言った。

耳を澄ますと、ちょうど光生が寝ているところの真下あたりにある風呂場から物音が聞こえた。

「朝風呂に入ってる幽霊か？」

光生は笑顔で言ったが、だんだん気味悪くなってきて、敷き蒲団に耳を押し当てて物音に聞き入った。

「うん、確かに誰かが風呂に入ってるよ」

光生の言葉で、康生は、ひゃあっと声を殺して叫びながら掛け蒲団で顔を覆った。

「見に行ってくれたら、ご褒美に五百円やるよ」

「いやだ。千円でもいやだ」

「ネー叔母さんの幽霊だったら、お前を風呂のなかに引きずり込んだりはしないと思うよ」

康生はしばらく無言で風呂場からの音に耳を澄ませていたが、一緒に見に行こうと光生の肩を揺すった。

光生はパジャマの上からセーターを着て、康生と一緒に足音を忍ばせて部屋から出ると階段を降りた。

恐る恐る風呂場のドアをあけたが、誰もいない。湯船の西側の窓をあけてみると、福寿亭の前の道の真ん中を流れる疎水からの水が、隣家とのあいだの側溝から裏の水路へと注ぎ込んでいた。昔はこの水路を利用して野菜を洗ったらしいが、疎水の水量が減って、光生と母とネー叔母さんが福寿亭に引っ越したころは、水路の水質が悪化して誰も使わなくなっていたのだ。

「幽霊はこの水だ」

光生は笑顔で言い、店のガスストーブを点けて茶を淹れた。

きのうの夜は、茹でたカニとねじり鯖を食べてから風呂に入り、それから十一時ごろ、酒を一合ほど飲んでいるうちに眠くなって、蒲団に入った途端に寝てしまった。隣の座敷では母や妻たちが賑やかに喋っていたが、その声もまったく気にならず深く眠ったのだ。

「お前は何時ごろに寝たんだ?」

と康生に訊くと、おばあちゃんたちの話を聞いているうちに櫓炬燵《やぐらごたつ》のなかで寝てしまい、お母さんに起こされて、風邪を引くからお父さんの隣に敷いた蒲団で寝るようにと言われて、十二時前に蒲団に入ったと康生は答えた。

「お母さんたち、三時ごろまで話をしてたよ」

父が淹れた茶を飲みながら康生は言った。笑い声でふと目を醒まして柱時計を見ると三時だったという。

「海を見に行かないか？　越前の海を」

と光生は小学六年生の息子を誘った。そして、中学生になったとき、ひとりで自転車に乗って越前の海を目指した日のことを話して聞かせた。自分の父、康生にとっては祖父にあたる人のことは黙っていた。

「自転車で？」

父とふたりで自転車を漕いで、遠くの海を見に行くことが嬉しいのか、康生は光生が頷き返すと、すぐに二階にあがって服に着替えた。

光生も服に着替え、店のなかに入れてある自転車を表に出してから、高瀬昆布店の裏へと行った。いつもそこに店の者が使う自転車が二台置いてあるのだ。

冬になると叔母が使っていた風除け用のアノラックをセーターの上から着て、そのポケットに手帳と携帯電話も入れておいたので、光生は「自転車をお借りします。昼までにはお返しします」と手帳に書き、それを破り取って、自転車を停めてあった場所に置き、拳大の石を載せた。

海風は冷たいからと、康生には母のアノラックを持たせていた。

人通りのまばらな町を南東へと進むと、かつては煙草屋と畳屋と自転車修理屋が並んでいた交差点に出た。いまそこはガソリンスタンドとコンビニエンス・ストアになっていた。

土の道はアスファルトに変わり、道幅も広くなっていたが、近くの低い山の形だけは変化していなくて、光生は中学生のときのあの日に通った道に間違いなさそうだと思った。

朝日は雲に隠れ、風が強くなった。

ときおり曲がり角で自転車を停め、道を確かめながら進み、低い山に囲まれた集落を抜けながら、光生はこの村も平家の落人《おちうど》や中国大陸、朝鮮半島からの渡来人たちが身を寄せ合って暮らした村なのだと康生に説明した。

「北陸地方の人って、意外に思い切ったことをするんだ。昔は裏日本なんて言い方をされて、なんだか雪深い閉鎖されたいなかって印象が強いんだけど、海の向こうに対して物おじしないところがある。四方を山に囲まれたところに暮らす日本人と、海沿いに暮らす日本人との違いは行動力だっていう説を唱えた人がいるけど、俺はその説に賛成だな。いつも海の向こうの見えない風を意識して生きてるわけじゃないだろうけど、海の近くで暮らす人と山に囲まれたところで暮らす人とは、海外ってものに対する向き合い方が違うんだって気がするよ。それに、大昔は、北の方からも南の方からも潮の流れに身をまかせて、小さな船でやって来た人たちが日本を定住の地と決めて住みついたりしたんだ。その祖先たちには巨大な荒波を越えてきたっていうDNAがちゃんと組み込まれてるはずだよ。だから進取の気性みたいなもんが眠ってるんじゃないかな」

「進取の気性って何？」

康生の問いに、光生は大雑把に答えたが、その説明は康生には難し過ぎたようだった。自分がちゃんとわかっていれば、もっとわかりやすく教えることができるのだ、と光生は思った。わかりやすい具体的な言葉を使えない人は、要するにインチキなのだ、と。

「東京に帰ったら、進取の気性って言葉の意味を詳しく勉強するよ。勉強して、もう一度ちゃんと説明するよ」

と光生は言った。

雲は流れ去って太陽の光に照らされたが、風の冷たさは増した。

山あいの集落を抜けると広い国道に出た。大きな標示板があって、左の道を行けば越前海岸に出ることがわかった。

ときおりダンプカーや大型トレーラーがうしろからやって来るので、光生と康生は歩道を進むことにした。

三十分ほど行くと、まだ九時前なのに、店をあけているラーメン屋があり、大型トレーラーやダンプカーが店の横の駐車場に停まっていた。

「こういう店のラーメンはうまいんだ。長距離を走る運転手さんたちって、どこの町のどの店の何がうまいかをよく知ってるからな」

光生が言うと、康生はラーメンが食べたいと言った。

「ぼくたちも朝ご飯にしようよ。急にお腹が空いちゃった」

康生の提案に同意し、光生は満員状態のラーメン屋に入った。醬油ラーメンと餃子と焼飯がセットになっている「朝定食」なるものに人気があるようだった。

「こんなに食べられるかなァ」

運転手たちの前に置かれている「朝定食」を見て、光生と康生が同時につぶやくと、

「どれも少なめにしたら五十円引きや」

と店主の妻らしい中年の女が言った。

俺はもう食べ終わるからここへ坐れと半袖のポロシャツの男が身振りで示して、最後のひときれの餃子を口のなかに放り込むと席を譲ってくれた。そして立ったまま水を飲み、煙草に火をつけて、スポーツ新聞を読み始めた。

「ぼくたち待ってますから、坐ってゆっくり煙草を吸って下さい」

と光生は言ったが、男は、ひと晩中運転席に坐りづめなので、こうやって立っているほ

うがいいのだと言い、膝の屈伸運動をしながら、顔見知りらしい男と競馬の話を始めた。

三品どれもちょっとずつ量を少なくしてくれているはずなのに、運ばれて来たラーメンと餃子と焼飯は、親子が思わず顔を見合わせるほど多かった。

「これを全部食べたら、もう今夜のお通夜の法要が終わるまで何にも食べなくてもよさそうだな」

その父の言葉に笑いながらも、康生の食べる勢いは驚くほどで、これから高校二年生くらいまでが男の子の食べ盛りの時期なのだなと光生は思った。

細麺のラーメンも、小海老入りの焼飯もおいしかったが、山椒を利かせてある餃子は八切れでは足りないほどで、新しく焼きあがって客のもとに運ばれていく通常の量の皿を見ると十二切れ入っている。

食べ終わるころに携帯電話が鳴った。妻の佑子からで、いまどこにいるのかと訊いた。

「越前海岸まであと三、四キロってところにあるラーメン屋さんだよ。これから康生に海と海鳥の群れを見せに行くんだ。俺たち、昼ご飯はいらないからね」

すると、カウンターの向こうで麺を茹でていた主人が、海岸までは七キロあると言った。

まだ七キロもあるのか。海沿いの道に出てからも三十分近く北東へ走ったという記憶があるが、中学一年生のときはさほど遠くに来たという印象はなく、疲れも感じなかったと光生は思った。

ラーメン屋を出ると、店先の自動販売機でミネラル・ウォーターを二本買い、道を北へと走った。

家の建物は古いのに屋根瓦だけが新しい家々が並んでいた。ぶあつい上等の屋根瓦が、木造の建物の古さを際立たせている。

「こういう家が、いちばん地震に弱いんだよ。上が重くて下が脆《もろ》いからな」

神戸の大地震のあと、被災した得意先の社長宅にお見舞いを届けに行った際、倒壊している家々の多くが立派な屋根瓦を使っていたことを思い出しながら、光生は言った。

「でも、阪神淡路大震災クラスの地震に襲われたら、瓦の重さの違いなんて関係ないけどね」

だが、高温多湿の日本では、昔ながらのぶあつい瓦が、夏の暑さや冬の寒さを防ぐのだ。瓦もまた日本の風土から生まれた知恵なのだ。こんなに雪深い地域では、軽い素材で造った傾斜の少ない屋根では雪の重みに耐えられないであろう。

光生は、並んで自転車を漕いでいる康生にそんなことを話して聞かせながら、この二、三年、自分とふたりの子供との会話が減ったなと思った。

帰宅するのはたいてい夜の十時か十一時。週に二日は午前様で、月に四日か五日は出張で家をあける。父と子の会話などないに等しい。

集落を越え、田圃や畑ばかりの地帯を過ぎ、見覚えのあるバス停と酒屋の前に出ると、光生は自転車の速度を落とし、大きく深呼吸して、

「これが海の匂いだよ」

と康生に言った。

「いままでと空気の匂いが違うだろう？」

だが、海が見えるところまではさらに二十分近くかかった。

道路脇に小さな小屋があり、その小屋の壁にバスの時刻表が打ちつけられていた。小屋の斜め向かいに雑貨屋がある。ほとんど腐りかけているような黒ずんだ板壁にペンキで「島田雑貨店」と書かれてあった。

ここだ。このバス停から小さな港を見ているときに老人に声をかけられたのだ。間違いない。ここだ。

光生は自転車から降りて、バス停の小屋の前に立った。島田雑貨店の左隣に、港へと降りる急な坂道があり、その先に海と桟橋と消波ブロックが見えた。かもめではなく、海猫の群れが五十羽近く羽を休めていた。

「いまは北西の風だよ。正面から吹いてくるから北の風だって人間は思うけど、じつは北

西の風なんだ。海猫たちはちゃんと知ってるんだぜ」

アノラックを自転車の荷台に置き、康生は道を渡って雑貨屋の横の細い坂道を歩くと、栈橋の中程まで行った。

中学一年生というと十三歳になったばかりだから、あれから三十年もたったのだ。

「三十年かァ……。長い歳月だよなァ」

光生が胸のなかでつぶやくと、康生が走り戻って来て、

「あの栈橋を自転車で突っ走って、堤防を越えて海に突っ込んでも、海底にまで行けないよ」

と言った。

積みあげてある消波ブロックと堤防のあいだは浅くて、深さは一メートルあるかないかだという。

「ほんとか?」

光生はそう訊き返しながら、康生に手をひかれて坂道を下った。

「ほんとだ。こんなとこに自転車ごと突っ込んでも、石か岩に頭をぶつけてタンコブができるのがオチだよなァ。笑い物になるだけだよ」

光生は笑いながら言い、海猫の群れに見入った。息子とふたりで無言で十分近くそうし

ていた。

人間は絶対に死ぬよね、死なない人なんていないよね、と康生は言ってから、

「それなのに、なんで生まれてくるの？」

とふいに訊いた。

「絶対に死ぬんなら、生まれてこなくてもいいじゃん」

これは難問だな。知ったかぶって禅問答のような言葉で誤魔化してはならないが、その問いに対して具体的でわかりやすい言葉による答えなど持ち合わせてはいない……。

光生がさてどう答えようかと考えているとき、宇津木民平から電話がかかって来た。携帯電話の電波状態が悪いのと、海猫の群れがいっせいに鳴き声をあげたので、宇津木の声はよく聞き取れなかったが、

「沙都さんの資料を明け方までかかって全部読んだんだ。おい、斉木、三千枚の金貨のありか、だいたいの目星はついたぜ」

という言葉だけは聞き取れた。

月曜日、仕事が終わってから時間を作ってくれないかと宇津木は言った。川岸にはすでに連絡を取ったが、八時ごろからならなんとか時間が取れるらしい、と。

「俺もそのころには仕事は終わってると思うよ」

と光生は言った。

「おでこの傷はどうだ？」

「うん、腫れはだいぶ引いたよ。青くなってたとこがだんだん黄色くなってきてるけど。きょうが叔母さんのお葬式だっけ？」

「いや、今夜お通夜で、あしたが告別式だよ。武生を発つのは夕方になるだろうから、東京に着くのは十時前後かな」

その後、札幌の女に何か動きはあったかと光生は訊きかけたが、康生が側にいたのでやめた。

電話を切ると、光生は桟橋に腰を降ろし、アノラックを着た。大きな波がやって来るたびに消波ブロックによって散り散りになった波は細かなしぶきと化して顔に振りかかったが、そこは妙に居心地のいい場所で、海猫たち一羽一羽の表情がよく観察できて、足元の浅瀬の底の色とりどりの石が美しかった。

康生もアノラックを着ると父親の横に坐り、こないだ、友だちのひいおじいさんが死んだのだと言った。

九十三歳だったが、八十八歳まで仕事をしていた。名人級の指物師で、小型の箪笥や手文庫や机や箱などを作っていた。

子供は三人いたし、孫も五人いるが、誰も跡を継がなかったので、そのおじいさんの技は、おじいさんの死とともに消えてしまった。自分にはそれがとても不思議なことに思える……。

「不思議って、誰も跡を継がなかったことがか？」

と光生は訊いた。康生は首を横に振り、しばらく考え込んでから、自分の友だちは生まれたときに、そのひいおじいさんが造った菓子入れを貰ったのだと言った。

「ちっちゃな菓子入れだけど、引き出しが六つ付いてるんだ。底にその子の名前が彫ってあって、生まれて百日目に、ひいおじいちゃんがお菓子をたくさん入れて持って来てくれたんだって。凄いんだよ。いちばん下の引き出しの奥のちっちゃな木をちょっと上に動かすとねェ、他の五つの引き出しが全部あかなくなるんだ。鍵がかかっちゃうの」

それだけではないのだと康生はつづけた。

「ひとつの引き出しを閉めるとねェ、他の五つの引き出しがいっせいに外に押し出されるんだ。箱のなかの空気がポンプみたいに他の引き出しを押し出すんだ。どこにも隙間がないから自然にそうなるんだって」

つまり、寸分の狂いもなく木が組まれているので、いわば密閉状態になって、そのような作用が起こるのであろうと光生は思った。

「ひいおじいさんの道具箱のなかに、たくさんの鉋《かんな》が入ってたんだよ。いろんな大きさの鉋。船の底みたいにわざと曲げてある鉋もあって、ぼくの小指の先くらいの小さなのもあるんだ。全部で五十六個だって」

康生はその小さな鉋の大きさを指で示し、それで折れた鉛筆を削ったら、とてもきれいに削れたと言った。

「ひいおじいさんが死んで、誰も跡を継がなかったら、ひいおじいさんが持ってた凄い技もこの世から完全に消えちゃうの？」

まだ小学六年生だと思っていたが、いつのまにかいろんな深いことを考えるようになっていたのだと思い、光生は幸福を感じた。

波のしぶきが大きくなってきた。

「いや、誰かに、ひそかに、静かに、脈々と伝わるんだと思うなァ。いまはそれが誰かはわからないだけなんじゃないかな。子供たち、孫たち、ひ孫たち、いや、まだ生まれてない子孫の誰かに、そのおじいさんの技は集結していくんだと思うよ。そうでなきゃあ、人間の努力や才能って何なんだよ。その人が他の人の何十倍も努力して学んだこと、身につけたこと。それがその人の死によって消え去るんなら、人類がこれだけの文明を築いたりはできないよ。科学者はいまのところＤＮＡがどうとか遺伝子がどうとかって言葉しか使えないけど、それも含めた、もっともっと深い何かが連綿とつながって、集結して、華ひらくんだよ。いつか、その指物師の名人の技は、子孫の誰かがさらに凄い技として作品を創り出すよ。未来のある日、子孫の誰かに血が騒ぐときが訪れるんだ。そしてその人にスイッチが入る……。俺も指物師の名人になるぞっていうスイッチがね。そのスイッチが入ってから、血の滲むような努力が始まるんだろうなァ。だけど、下地は充分にあるわけだよ。お前の友だちのひいおじいさんの血がね」

すると康生は、斉木家には特別な才能を持っていた人はいるのかといった意味の言葉を口にした。

「うーん、技量を伴う才能の持ち主ってことになると、俺の知ってるかぎりはいないなァ。でも俺の親父の甥は、もの凄く良く勉強のできる人でね、東大の医学部を出て脳外科医になったんだけど、四十代半ばで交通事故で死んだんだ。親父の兄貴の子だ。その人の子供もふたりとも医者になったよ。事情があって、いまは親戚づきあいはないけどね」

「事情って、どんな事情？」

光生は康生の祖父の不祥事を口にするわけにはいかず、

「俺の親父とそのお兄さんは若いころから仲が悪かったそうなんだ」

と答えた。

「おばあちゃんは蕎麦打ちの名人だよね」

「そう評価する人がたくさんいるらしいな。おばあちゃんのお父さん、お前にとってはひいおじいさんだけど、その人は京都の有名な料亭で修業して板長にまでなったんだ。誰でも名前だけは知ってる超一流の店だよ。でも召集されて、いまの北朝鮮と中国の国境あたりで戦死したんだ。おばあちゃんは蕎麦打ちだけじゃなくて、店で出すちょっとした料理もうまいだろう？　出汁巻玉子にしても、天麩羅にしても。おばあちゃんの料理のうまさは、父親譲りなんだな。いま気づいたよ」

光生はそう言ってから、福寿亭をどうするのかという問題が生じていることを話して聞かせた。

消波ブロックにとまっている海猫たちは、いつのまにか北のほうを向いていた。日本海の上空を斑《まだら》に覆っていた雲のほとんどは流れ去って、眩しい光が満ちてきた。

ここから越前岬のほうへ行くと低い山々には千枚田と呼ばれる棚田がある。しかしいまそこでは稲作は行なわれてはいない。それらはみな水仙を栽培する畑になったのだ。険しい急な畦道を昇り降りして稲を育てるという重労働よりも水仙栽培のほうが効率がいいので、稲作農家のほとんどは商売替えをしてしまった。

「水仙は冬の花だからね。やり方によっては年に二回咲かせられるそうなんだ。まだ咲いてないだろうな。もっと寒くなってから咲く花だよ。水仙の葉はニラとそっくりなんだ。花が散ったあとの水仙畑を見ると、ニラ畑だって間違える人がいるんだ。誰もいないから盗んで持って帰って食べたりしたら、とんでもないことになる」

「とんでもないことって？」

「水仙の葉は食べると猛毒に近い作用を起こすんだ。嘔吐、下痢どころか、人によっては死んだりするよ」

水仙を植えてある千枚田を見に行こうかと言いながら光生は腕時計を見た。いまからゆっくり帰路につけば、武生市の福寿亭まで約一時間半。斎場の人との打ち合わせは自分がしなければなるまい。越前岬に足を延ばしたいが、それでは帰りが遅くなる。

「やっぱり帰ろう。越前岬行きは次にしよう」

と光生は言った。

「次って、いつ？　ぼく、雪が積もってるときに来てみたいなァ。来年のお正月に来ようよ。そしたら水仙も咲いてるんだろう？」

「よし、次の正月は武生ですごそう。でもお前も茉莉も武生での正月はきっと退屈するぞ」

桟橋から立ちあがると、康生は海猫たちに「またね」と言った。

月曜日の十時からの役員会議では、社長の間宮健之介が念願の自社店舗をオープンすることの決定が為された。店舗は四つ。札幌、大阪、京都、福岡だった。各店舗の責任役員は、札幌店が宇津木、大阪店と京都店が光生、福岡が川岸と決まった。

これから関西への出張が増えるなと思いながら、早速明朝の間宮との関西出張の手配を進め、光生が必要な書類の準備をすべて終えたのは夜の八時だった。

宇津木も川岸もスタッフに指示を出しながら忙しく社を出入りしていて、やっと一段落ついたのは九時前で、三人で一緒に社を出るときは疲れきってしまっていた。

「とにかく腹が減ったよ。俺、昼はかけ蕎麦一杯だけだぜ」

明治通りへの風の強い夜道を歩きながら、川岸が言った。

額の傷に絆創膏を貼った宇津木だけが意気軒昂で、おそらく金貨探しのための資料が入っているのであろう小さなリュックサックを背負って、

「俺の女房、あのあくる日、ひとりで札幌へ行ったんだよ。女と膝詰談判をするために」

と言った。

「え？　あの女に逢いに行ったの？」

光生は驚いて宇津木の目を見ながら訊いた。

通夜の夜は三時間ほどまどろんだだけだったし、葬儀を終えて東京のマンションに帰り着いたのは昨夜の十一時だった。夜遅くまで営業している近くの中華料理屋は臨時休業していて、仕方なく有り合わせのもので遅い晩飯をとったのだ。

その中華料理屋で食事をしようと決めていたため、全員空腹だったが新幹線のなかで駅弁も買わずに我慢したのだが、仕方なく冷蔵庫のなかのものを取り出してみると、ロースハムが三枚、辛子明太子が一腹半、卵が二個、バターとスライスチーズ少々。残ったご飯を冷凍したものがかろうじて二人分ほどだった。

野菜は食べきれないほどの量があったので、ご飯を別に炊いて焼飯を作ろうということになり、やっと晩飯にありついたのは一時前だった。

それから風呂に入って床についたのは三時前で、光生は出張の準備を整え終えたころから、強い倦怠感に襲われていた。

「金貨の件は、出張から帰ってからにしようよ」

明治通りに出たところで光生はそう言った。

「俺は家に帰って、ビールを飲んで飯を食って寝たいよ」

「うん、そうしよう。俺もあしたは早いんだ。福岡行きの一番の飛行機に乗らなきゃあ。何時に家を出たらいいのかなァ。俺の家から羽田までは遠いんだから」

と川岸も言った。

「じゃあ三十分だけつき合ってくれよ。俺が奢るから。ビールにボイルしたドイツソーセージなんてどうだ？」

宇津木は道の向こう側のビルの二階を指差した。そこにはドイツ風ビアホールがある。

「あっ、それいいなァ。ビールを飲んでソーセージを食って三十分で解散しよう。きょうは金貨の話はなしってことで」

そう言って、川岸は早足で信号を渡った。仕方なく光生もついていった。

ビアホールには、マミヤのデザイン部の若い社員たちがいた。そのなかのひとりが誕生日で、そのお祝いをしているのだという。

光生たちは彼等から離れた席に坐り、中ジョッキで乾杯した。

「宇津木夫人の根性に」

と光生が言うと、

「宇津木夫人の父上の咄嗟の名演技に」

そう川岸がつづけた。

「奥さんは、何のためにあの女に逢いに札幌まで行ったんだよ」

と光生は訊いた。

「完全に断ち切るためだってさ」

「断ち切るって、お前と女の関係をか？　そんなこと、わざわざしなくても、もうあの日に切れただろう」

川岸の言葉に、宇津木はこう説明した。

妻の実家の柏木家は、代々の妻たちが夫の浮気で悩まされてきた。妻の祖父は某大手銀行の副頭取にまでなった人物で、切れ者として知られていたが艶福家《えんぷくか》として名を馳せて、最期は愛人の家で脳卒中で死んだ。その愛人とのあいだに子供がいたので、後事の処理には双方が弁護士をたてて争うことになり、解決に八年近くかかった。

妻の父も、これまで二度、女との問題を起こし、そのつど離婚話に発展したが、子供のことや世間体を考えて、妻の母は耐えたのだ。

妻の妹も夫の女性問題で何度も苦しみ、結婚して五年目には自殺未遂したあげく、おとし離婚した。

「自分は宗教というものを持っていないが、仏教には宿命とか宿業という言葉があるそうだ。これまでその言葉について考えるというようなことはなかったのに、いざ自分の身に夫の浮気という事態が生じて、しかもその女が家にまで押しかけてくるなどという屈辱を味わってみて、自分はこれこそが、柏木家の女たちの宿命、もしくは宿業というものなのかもしれないと考えた。もしそうであるならば、どこかでそれを完全に断ち切らねばならない。だが、どうやったら断ち切れるのか……。

妻はひと晩一睡もせずに考えつづけ、このままうやむやに終わってしまってはいけないのだと気づいた。決着をつけなくてはならないのだ、と。

どうしたら決着をつけることができるのか。何か大きな災厄が振りかかったとき、人間にはふたつの方法しかない。立ち向かって災厄を乗り越えるか、退いて負けるかだ。負けたら、またいずれ同じことが起こる。

祖母も母も妹も、結局は退いて、自分に忍従を強いて、表面上の解決で自分を誤魔化してしまったのだ。

このまま放っておいても、あの女はもう宇津木家に災いを持ち込んだりはしないかもしれないが、それでは柏木家の女たちの宿業なるものを断ち切ったことにはならない。父の咄嗟の芝居が女を脅かしただけであって、根本的な解決ではない。

宿業というものは、たぶんそれによって悩んでいる者、苦しんでいる者の宿業なのだ。ならば、いま悩み苦しんでいる私が立ち向かわなければならない。私の目の前で、女に謝罪させ、二度と夫に近づかないし、夫との関係を口外しないと約束させたとき、私は災厄に立ち向かって勝ったことになるのだ。

あんな女に逢いに行くのは屈辱以外の何物でもない。女はかさにかかって、夫との寝物語を意地悪く語ったりもするだろう。あらためて金を要求するかもしれない。しかし、自分が無傷のまま宿業の根を断ち切ろうなどとは考えが甘すぎるし、根性がなさすぎる。立ち向かうかぎりは無傷ではいられない。だが何等かの傷を受けることで、柏木家の女たちの宿業は消えるのだ。私がそれをやってみせる……。

「そう言って、女房のやつ、朝一番の札幌行きに乗ったんだよ」

宇津木は、中ジョッキの生ビールをたちまち飲み干すと、さらにもう一杯註文した。

「それで、どうなったんだい」

と光生はソーセージをフォークに突き刺したまま訊いた。

「女とどんな話をしたか。女房はひとことも喋らないんだ。ただ三百万円を払うことにしたって。手切れ金だよ。女房が働いて貯めた金だ。これが手切れ金であること。もし夫に近づいたり、他人に口外したら、この三百万円に二百万円をプラスして返すこと。そういう取り決めを文書にして、女に署名捺印させて帰って来たよ」

しばらくの沈黙ののち、

「凄いんだなァ」

と川岸は言った。

「柏木家の女たちの宿業かァ……。いまがそれを根本から断ち切る最大のチャンスだっていう捉え方が凄いよなァ」

川岸も生ビールのおかわりを註文し、ボイルしたソーセージも追加した。

「立ち向かうか、退くか。ほんとにそうだなァ。何か事が起こったら、そのふたつにひとつしかないよなァ。よし、立ち向かうぞって決めた瞬間に、勝負はついたんだよなァ。退いたら永遠に負けつづける。人生万般、あらゆることに通じる法則かもしれないな」

すると、宇津木は、妻が札幌から帰宅した夜、妻の前で居ずまいを正し、深々と頭を下げて謝ったのだと照れ笑いを浮かべながら言った。

「他山の石としろよ。どこかの女にふらふらっと行きかけたら、俺の女房の顔を思い出せ」

その宇津木の言葉で、光生も川岸も声を抑えて笑った。

「そうかァ、子供の非行で悩んでるのは、親の宿業なんだ。だって当の子供は悩んでないんだもんな。だから、子供のせいにしてるあいだは、問題はいつまでたっても解決しないんだ。悩んでる親が満身創痍を覚悟して立ち向かう。そうしたとき初めて、親の子を思う心が通じていくんだなァ。いまは何かというと親が退いてる時代だから……。まあ、俺がこんなえらそうなことは言えないけどね」

しかし、兄の息子はもう二年近く自分の部屋に閉じこもったままで、両親との会話もまったくないのだと川岸は言った。

「理由がわからないんだよ。何があったのか、なぜ引きこもって、学校に行かなくなったのか、誰がどれだけ訊いても、ひとことも喋らねェ。よし、この叔父さんが本腰を入れて出て行ってやる。高校二年生の甥っ子をあの部屋から出してみせるぞ。機転の利く利発な子だったんだよ」

「川岸、お前、かっとなってその甥っ子をぶん殴ったりするんじゃないぞ。お前、やりかねないからなァ」

と光生は本気で言った。川岸は大学の空手部員だったが、三年生のときに膝の靭帯を痛め二ヵ月ほど入院したあと選手生活を断念したのだ。

「大丈夫だよ。俺はいま宇津木の奥方からいろんな極意を学んだよ。奥方のその思考も、根本は亭主への愛情から生じてるんだ。そうでなきゃあ、亭主の浮気が、柏木家の女たちの宿業っていうところへ結びついていくはずはないからね。それにしても、宇津木の奥方はえらい人だな。賢いよ。頭がいいんだ。心がきれいなんだよ。宇津木、お前は果報者だぜ」

「だから俺は、三千枚の金貨を捜し出して、俺の分け前を全部女房に献上するんだ」

宇津木はそう言うと、リュックサックから和歌山県全図を出してテーブルに拡げた。その地図の上三分の一が赤い油性インキで囲まれていた。

「厖大な物語がここにあるよ」

と宇津木は言った。

「でもいまそれはひとつずつのパーツだ。ジグソーパズルにたとえると、十分の三くらいが埋まった状態だ。芹沢由郎はじつに不幸な人生をおくった人だよ。こんなに悲惨な幼少期をすごした人を、俺は他には知らないね。この人が人生で遭遇した唯一の幸福は、室井絹華《きぬか》という女とのあいだに自分の子が生まれたことだったんだ」

宇津木はそう言って、地図を折り畳み、リュックサックのなかに戻した。そして、今週の金曜日の夜に、最近自分がよく行くようになった店の二階の座敷に集まろうと提案した。

「俺はもうこの件に関してはあとに引かんぞ。俺ひとりでも、三千枚の金貨を捜す」

と宇津木は小声で言って微笑んだ。

第四章

京都市中京区の、長く空家となっていた町家の改修工事が始まり、斉木光生は入社五年目の笠木修身と一緒に十二月二日に京都に出張した。

京都店長として京都で暮らすことになった笠木は、親がつけたオサミと読む字をこれまで一度もそのように読まれたことがなく、社でも姓ではなくシュウシンと呼ばれ、同僚たちからもシュウちゃんとして親しまれていた。

京都の私大を出ていて、独身で、人当たりが柔らかく、気長な性格だが、少々杓子定規なところがあるシュウシンを京都店長に求めたのは光生だった。

シュウシンは、自分がこれから暮らすマンションがみつかるまでのあいだ、実家に世話になるという。シュウシンがまず最初にしなければならない仕事は、来年の一月十日に開店を予定している京都店の店員を三人雇うことだった。三人とも女性にしようと決まってはいたが、どんな人物を契約社員として雇うかはシュウシンにまかせてあった。

「応募者がもう三十八人もいるんです」

新幹線が浜松駅を通過したころ、シュウシンはノートをひろげながら言った。

マミヤのホームページでの募集だけで三十人が応募してきて、人材派遣会社からの推薦が八人だという。

「人柄第一だよ」

と光生は言うと、

「その人柄をどう見抜くか、まだ二十八歳のぼくには尺度があるようでないようで。男でもわからないのに、女となると」

シュウシンは正直にそう答えた。

「この子はいい子だなァって第一印象で思った女に、ことごとく失望させられましたから」

「恋人を捜すんじゃないんだからな。おのずと尺度は変わってくるさ」

光生は笑いながら言い、宇津木も川岸も、もう京都に着いたはずだと思った。

宇津木も川岸も、Tデパートの社長の古希の祝賀会に出席するために、きのう琵琶湖畔のホテルに行き、川岸はさらにきょう、その社長主催のゴルフコンペに参加している。

せっかく三人が同じ日に京都にいるのだから、室井沙都から渡された幾つかの断片的な資料によって得た手がかりについて、何かうまい料理でも食べながら話したいと宇津木は提案したのだ。それで光生は、高瀬川沿いの道から路地へと入ったところにある「月屋」を教えた。食べそこねた月屋特製の巾着を食べたかったのだ。

金貨捜しの謀議の場としては、カウンター席しかない月屋はふさわしくなかったが、おでんを食べたあと、階下のバーに行けばいいと考えた。確かバーの奥まったところに、テーブル席があったはずだ、と。

「こんな大役が自分に廻ってくるとは思いませんでした。自社のショップを持つってのは、マミヤにとったら大きな賭けですから。その重要な店の店長として、ぼくが最も力を注ぐべきものは何なのか、幾つか箇条書きにしたんです」

シュウシンは言って、その箇条書きの部分を光生に見せようとした。光生はそれを遮り、これはある人からの受け売りだがと前置きし、

「自分よりももっと優秀な京都店長を育てようとすることだよ」

と言った。

「そうすることで、笠木修身は優れた京都店長としてマミヤに名を残すんだ」

「契約社員の三人の女性のなかから、次の店長を育てろってことですか？」

「こいつは使えるって思ったら、正社員にしたらいいんだ。育つか育たないかは別問題だ。育てようと努力するんだな。若い社員を育てたい。これは間宮さんも俺もおんなじ考えだよ。若い人を育てないと、どんな企業も組織も行き詰まる。経営陣や上に立つ立場の人間にその心がないと、どんなに優秀な若者も育たないからな。育たないどころか、どんどん辞めていく。残るのは、いてもいなくてもどっちでもいいか、いなくなってくれたほうがいい連中ばっかりになる。そのときになって、慌てて人を育てようとしても、もう遅いんだよ。俺はなにもこれから雇う三人の女性を育てろって言ってるんじゃないんだ。わかるか？」

言いながら、笠木修身という青年の強みは、こんな質問をしたら笑われないかとか、こんな意見を述べたら褒められるだろうとかの自己粉飾と無縁な点だなと光生は思った。

はい、わかりますと答え、シュウシンは、京都の古い町家の改築を専門としている建築会社から送られてきた設計図に見入った。

京都駅からタクシーで、中京区の、相田孫七の紹介で借りることになった古い木造の二階屋に行くと、建築会社の社長と現場責任者、そして五人の大工が待っていた。

シュウシンは、祝儀袋を現場責任者と大工たちに手渡し、短い挨拶をした。

作業中、事故がないように。怪我人が出ないように。向こう三軒両隣に迷惑がかからないよう細心の注意を払ってくれるように……。

「大工さんに祝儀を用意してくるなんて、気が利くねェ」

「こう見えても、ぼくは京都人ですから。大学時代だけですが」

光生は笑顔でシュウシンの背を軽く叩き、あとはすべてまかせたと言って町家から出ると、再びタクシーに乗って、河原町のデパートに向かった。

担当者に挨拶をして、マミヤの売り場の店員に声をかけると、光生のその日の仕事は終わってしまった。まだ午前十一時だった。

早朝の「のぞみ」に乗るために四時半に起き、昨夜のうちに妻が作っておいてくれた玉子サンドとコーヒーで朝食をとり、あわただしくマンションを出たので、光生はにわかに眠気に襲われたが、同時に空腹も感じた。

あてもなく河原町の交差点を北へと歩きながら、宇津木はどうしているだろうと思い、携帯電話を出した。

ゴルフコンペに参加しない宇津木は、川岸と同じビジネスホテルに泊まったはずだが、夜まで何の予定もないはずなのだ。

電話に出てきた宇津木の声は、一定のリズムで繰り返される大きな音が響くたびに消えた。蒲団叩きで思いっきり畳を叩いているような音だった。

「何の音だよ」

と光生が訊くと、五番アイアンでゴルフボールを打っている音だという。

「ゴルフ？　お前、京都でゴルフの練習をしてるのか？」

「うん、特訓をさせられてるんだ。朝の九時から」

「凄い音だな。アイアンでボールを打ってる音とは思えないよ。工事現場の杭打ち機みたいだ」

「室内だからね、響くんだよ」

「室内練習場なの？」

「うん、持ち主は道場って言ってるけどね」

それから宇津木は、誰かに何か言ってから、音の聞こえない場所へと移動しているらしく、しばらく無言だった。

ドアの開け閉めの音が聞こえ、大きな音が消えると、

「助けてくれよ。俺をここから脱出させてくれ」

そう宇津木は言った。

「左京区の……」

宇津木は町名と取引先の重役の名を教えた。光生もこれまでに三度逢って食事をしたこ

ともある人物だった。

「目印は大きな土蔵と緑色のプレハブの建物だよ。閑静な住宅街のなかの、とんでもなく広い敷地が白くて高い壁で囲まれてるからすぐわかるよ。賀茂川が左に曲がってるところを西へ入ったところだ。河原町からだとタクシーで十五分くらいかな」

わけがわからないまま、光生は電話を切るとタクシーに乗った。運転手は町名と家のあるじの名を聞くなり、

「ああ、球真堂ですね」

と言った。

「瀬川さんのおうち、球真堂っていうんですか?」

「球真堂に行ってくれっちゅうお客さん、結構多いんです。おととし、球真堂出身の女子プロがトーナメントで優勝してから、えらい有名になりまして。若い親が運転する車で送り迎えされて、あそこでゴルフを習うてる子供がぎょうさんいてますねん」

「個人のおうちのなかにゴルフの練習場があるんですか?」

光生の問いに、そうらしいのだが自分はゴルフのことは皆目わからないので、そこがどんなところなのか知らないと運転手は答えた。

賀茂川の畔から真っすぐ西へ延びる静かな住宅街を進むと、周りの豪邸に比してもひと

きわ大きな敷地を持つらしい煉瓦壁の邸宅と漆喰壁の土蔵が見えてきた。その土蔵の西側に緑色のプレハブの建物があった。土蔵とプレハブのあいだには、手入れの行き届いた松の老木が人工的な枝ぶりで聳《そび》えている。

瓦屋根付きの門の前でタクシーから降り、インターフォンを押すと、若い女が応対したが、門をあけたのは宇津木だった。

借り物らしいジャージを着て、肩に掛けたタオルで汗を拭きながら、

「急用が出来て迎えに来たふりをしてくれよな。そうしてくれないと俺は殺されるよ」

と小声で言いながら、玄関へとつづく敷石から庭へと曲がり、土蔵の前を歩いてプレハブの建物に向かった。

建物の入口には「球真堂」と太い墨文字で書かれた大きな木が掛けられてあった。

「このプレハブのなかだけでも百坪はあるなァ」

そう言いながら光生がなかに入ると、瀬川が、ゴルフ場のバンカーの砂を整える道具で散らばったボールを集めていた。

「ようこそ。お忙しいのに、宇津木さんにゴルフの練習なんかさせてしもて、すみませんねェ」

Tデパートの常務取締役である瀬川英太郎は、そう言って、光生に壁ぎわに置いてある

椅子を持って来てくれた。

光生は、球真堂の内部を見廻しながら瀬川に挨拶をしてから、網状のドラム缶くらいの大きさのボール入れを見つめた。そのなかにはゴルフボールが溢れるほど入っている。

球真堂の内部は、出入口のところ以外には、ナイロン製の網が張りめぐらしてあって、それは天井全体にも及んでいる。ボールがとんでもないところに飛んで行っても跳ね返ってこないようにしてあるのだ。

打席は三つ。そこから七、八メートル向こうの壁には弓の的に似た厚い布が掛かっている。

反対側の壁には、全身が映る鏡がふたつ。幾種類かの筋力強化用の道具や機械。そして三脚に取りつけられたビデオカメラと、それに連動しているパソコンが一台……。

「あっ、斉木さん、そこからこっちへはスリッパに履き替えて下さい」

と瀬川は言い、球真堂に置かれたスリッパを指さした。

「瀬川さんのゴルフの腕前はたくさんのかたから耳にしていましたが、ご自宅にこんな練習場をお持ちとは……」

光生がさらに喋りかけると、瀬川は、これを建ててもう十年がたつと言った。

「練習場やのうて、修業の場です。ゴルフという底なしの深さを持つスポーツの心にいささかでも近づこうとする者たちの修業の場。そやから球真堂です」
きのう、社長の古希のパーティーで宇津木さんが、もう自分はゴルフをやめたいという
ので、理由を訊くと、レッスン・プロに習って練習したが、やればやるほどひどくなって
しまったとちょっと本気で怒っているような口振りだった。それで私が見てあげようとい
うことになり、この球真堂にお誘いした。
自分は二年ほど前にゴルフ場で手首を痛めたのだが、それを甘く考えてゴルフをつづけ
ているうちに持病となってしまい、完全に治るまではクラブを握らないと決めたので、き
ょうのお祝いのコンペも欠席した。
瀬川はそう説明したあと、自分も椅子に坐り、宇津木にミネラル・ウォーターのペット
ボトルを渡した。
「私はことし六十二歳になりまして、来年の株主総会で職を辞したら、この球真堂で若い
ゴルファーの育成に専念します。ほんまは、もうすぐにでもデパート業の世界から身を退
きたいんですが、とにかく来年の株主総会を無事に終えてからでないと、立つ鳥、跡を濁
すことになると思いまして。私は入社以来ずっと総務と経理畑を歩いてきまして、あのバ
ブルの時代もバブル崩壊後も、胃に穴があくんやないかと思うほどの修羅場を経験してき
ました。私があの時代に心身を病むことなく、なんとか健康を保てたのはゴルフのお陰で

す」

その言葉で、光生はTデパートがバブル崩壊後に粉飾決算や放漫経営を糾弾され、瀬川の直属の上司が自殺し、瀬川自身も検察に何日も事情聴取されたことを思い出した。得体の知れない連中や政治家に食い物にされた時代に、瀬川は自殺した上司を庇いつづけ、矢面に立って乗り越えてきたのだ。

Tデパートが最も苦境にあったとき、瀬川はまだ五十歳になるかならないかの年齢だったはずだ。経営陣がすべて入れ替わったあとも、瀬川だけが役員として残るよう慰留されたのは、渦中の現場での沈着な判断力と忍耐力を高く評価されたからだということも光生は幾人かの人たちの言葉によって知っていた。

光生はふと瀬川ならセリザワ・ファイナンスがいかなる会社であるかを知っているのではないかと思った。だが、もしそのことを質問したら、なぜセリザワ・ファイナンスについて知りたいのかと問われるかもしれない。下手な答え方をしたら、マミヤという会社にあらぬ不審を抱かせかねないのだ。

「斉木さん、ゴルフは？」

と瀬川は訊いた。

「宇津木よりも、ほんのちょっとだけましかも、ってレベルです」

光生の言葉に笑いながら、

「宇津木さん、修業の成果を見せてあげなさい」

と瀬川は言った。

「さっきとおんなじスウィングが出来ますかねェ」

宇津木はミネラル・ウォーターを飲みながらこころぼそげに言った。

「私はおんなじことが出来るスウィングを教えたんです。肩の力を抜いて、やってみせてあげなさい。斉木さんはびっくりして倒れてしまうかも。自分と似たようなレベルやとは二度と言わんでしょう」

「えっ？　宇津木、まさかお前、突然上達したんじゃないだろうなァ。それは卑怯だよ。抜け駆けだよ」

「スウィングそのもののレベルは、川岸さんよりも格段に上になりました。格段どころやないかも」

瀬川の言葉に、光生はもう一度、

「えっ？」

と大声をあげ、打席に歩いて行く宇津木を見つめた。

自信がなさそうに何回かゆっくり素振りをして、何やら口のなかでつぶやきながら、宇津木はボールをセットアップした。そしてアドレスした。

「力が入ってます」

と瀬川は言った。宇津木はアドレスをやり直し、ボールを打った。クラブフェースの芯でボールをヒットする音が球真堂のなかに響いた。ボールは標的のほぼ真ん中に当たった。二打目は脚のバランスが崩れて、いつもの宇津木の当たりだったが、三打目、四打目はすばらしいショットだった。

「三打目がいちばん良かった」

と瀬川は言い、光生を見て微笑んだ。

「どんな手品を使ったんですか？　宇津木にあんなショットが打てるなんて有り得ないですよ」

いささか憮然としながら言って、光生は驚きを隠さないまま宇津木を見つめた。多少のぎこちなさはあったが、スウィングの滑らかさとフィニッシュの形、それにボールのクラブフェースの芯での捉え方は確かにハンデキャップ七の川岸よりも安定していた。

「べつに手品でも何でもない。したらあかんことはしない。せなあかんことをする。それを二つ三つ教えただけです。まだこすり球が出てますが、それは仕方がない。あしたから修業を重ねたら、三週間で身につくでしょう」

瀬川はそう言いながら壁に掛けてある時計を見た。これから昼食をとり、午後からやって来る小学生たちのために準備をしなければならないという。

宇津木はジャージを脱ぎ、背広に着替えてから瀬川に礼を述べた。左の掌に油性インキで書いた文字を見つめ、練習場に行くときはこれを厚いボール紙に書き写してポケットに入れておくと約束して、宇津木は球真堂から出た。

そのあとをついて行きながら、

「おい、宇津木、お前、自分だけうまくなって、俺を残してさっさと帰ろうなんて、あんまりだよ」

と光生は言った。

門のところまで送ってくれた瀬川がおかしそうに笑って門を閉めかけたとき、光生は思い切って訊いてみた。

「瀬川さんはセリザワ・ファイナンスという会社をご存知ですか?」

怪訝そうに表情を変えて光生を見やり、

「なんであの会社のことを私に訊きはるんです?」

と瀬川は声を落として訊き返した。宇津木も光生を見つめた。

自分の学生時代の友人が会社を経営しているのだが、資金繰りに困ってある人からセリザワ・ファイナンスを紹介された。融資を受けられるかどうかまだわからないが、友人はその会社から金を借りることにかなりの不安を抱いているらしい……。

光生の作り話に、瀬川は短く答えた。

「あそこから融資を受けたら地獄に堕ちると忠告する人が何人もおると教えてあげて下さい」

そしていったん瀬川は門を閉めたが、賀茂川への道を歩きだした光生をうしろから呼び止めた。

「そのお友だちに私の名は出さんと約束して下さい」

と言ってから、瀬川はこう説明した。

中小企業には、どうしてもあさってまでに三千万円必要だというような事態がしばしば起こるものだ。会社の規模によっては、それが一億であったり二億であったりする。セリザワ・ファイナンスは、そういう火急の融資を専門としているが、金利は原則として一〇パーセントだ。法定外金利どころではなく、悪辣な闇金融で、そのために迂回融資のためのトンネル会社を幾つも持っている。

融資を受ける側は、その幾つものトンネル会社を迂回してきた金を借りることになるので、いったい金の出元がどこなのかわからない。

この手口はじつは古典的なやり方で特異なものではないが、セリザワ・ファイナンスは規模が大きくて巧妙だ。

たとえば三日後に一億を用意できれば、一ヵ月後には間違いなく返済できるし、一割の利息に文句は言っていられない、という場合がとりわけ中小企業にはつきもので、ちゃんと返せているときはいいのだが、思惑どおりに行かないのが経営というものなのだ……。

「セリザワ・ファイナンスは、いろんな意味でアンタッチャブルです」

瀬川は門を閉めながら、こんど機会があれば、斉木さんのゴルフを見てあげようと笑顔で言った。

静かな住宅街に流しのタクシーはやって来そうになく、光生と宇津木は十二月の京都にしては暖かな日ざしのなかを賀茂川沿いの道へと歩いた。

「あの豪邸はいったい何なんだよ。あの敷地面積、あの数寄屋造り、あの苔むした手入れの行き届いた庭……。瀬川さんはサラリーマン常務だぜ。大学を出て百貨店に入社して、いろんな売り場を担当して、それから十年近く外商部勤めをして総務部から経理部に移って……。瀬川さんが頭角をあらわしたのはそれからだろう？　バブル崩壊で創業者一族があの百貨店の経営から退陣するまでは、一族の私物みたいな会社だったんだ。瀬川さんはその一族とは何の縁戚関係もないんだぞ」

光生の言葉に、その創業者の初代が建てて、三代目も住んでいたあの豪邸を瀬川さんが買ってやったのだと宇津木民平は答えた。

「買った？　あの豪邸を？」

「瀬川さんは、京都の老舗の貴金属店の次男坊なんだよ。貴金属店はお兄さんが継いだけど、五年前にお父さんが亡くなったとき、店はすべて俺が跡を継いでやっていくから、お前には親父が遺した金を譲るってお兄さんが言ったそうなんだ。その代わり、貴金属店の経営には今後一切口出しするな、って。俺の跡は俺の息子が継ぐし、その跡も息子の子供が継ぐ。そのことに文句がないなら、親父の遺した金を受け取れって。瀬川さんは承諾して、その金であの家と土地を買ったんだよ。創業者の三代目のアホ息子に泣きつかれてな。百貨店を放漫経営で無茶苦茶にした三代目への仇討ちだって言ってたよ。言い値の三分の一の価格に買い叩いてやったって」

宇津木は立ち止まり、腰と尻と大腿部の筋肉を押さえながら、

「下半身がへろへろだよ」

と言って苦笑した。

「朝から何回腰を水平に回転させる練習をさせられたか。アイアンを持たずに五百回。アイアンを持って素振りが三百回。それからボールを打たされること二百球。どこかで横に

なって休みたいよ」

冗談ではなく本気でそうしたがっていそうな宇津木に、

「お前のゴルフを劇的に上達させた瀬川流秘伝を俺にも教えてくれよ」

と光生は言った。

賀茂川沿いの道に出て、空のタクシーは何台も目の前を走って行くのに、これから夕方までどこでどうやって時間をつぶしたらいいのかわからず、光生も宇津木も橋の下で腰をおろしている若いカップルを見やった。犬を散歩させている人たちがいて、川べりには小さなベンチがあった。

「あそこに坐ろう」

と言い、宇津木は車の多い道を渡り、川岸への階段を降りた。そして背広の上着を脱ぎ、ワイシャツの裾をたくしあげた。臍のところに真横に三本の線が描かれていた。

「それは何だ?」

「この三本の線を臍を上下左右にぶれさせないようにして水平に回転させるんだ」

「それがお前を劇的に変えたのか?」

「うん、きょうのところはね」

「きょうのところはって、あしたはそうじゃなくなるってこと?」

「斉木、お前もやってみろよ。臍を上下左右にぶれさせずに、この三本の線を水平に回転させることがどんなに難しいか」

宇津木はワイシャツの裾を直してから、

「人間の体ってのはなァ、すべてが連動してるんだ。この三本の線を水平に回転させることは難しいことじゃないさ。でもそれはアイアンとかドライバーを持ってないからなんだ。ボールを打つのはクラブだろ？　ボールは地面にある。だからクラブは上に振り上げて、下にあるボールを打つ。これは上下運動だよ。でも腰は臍を上下左右にぶれさせないで水平にくるっと回転させる。そうすることで、振り上げたクラブは自然にダウンブローに落ちて来て、インサイドアウトの軌道を描く。振り上げたクラブを引きおろすのは、腕でも肩でもない。腰の回転でおろすんだ。ということは、ほんのちょっとの誤差だけど、テークバックの頂点からの切り返しは、腰の水平回転が先行しなきゃあいけない。これが瀬川さんが俺にさせたかったことで、秘伝でも何でもない。じつに基本的なゴルフのスウィングだって、瀬川さんは言うんだ。ところがだなァ、そんな簡単なことが、人間の体ってのはうまく出来ないんだ」

「瀬川さんがお前にやれって言ったのは、それだけ？」

「まだあるよ。クラブのグリップは、これ以上緩く握ったら掌から抜けてしまうってくらい緩く握ること。いつも振り上げてるところよりも半分くらいの高さまでしか腕を振り上げないこと。グリップは小指と薬指で握って、人差し指と親指はただ添えてるだけにすること。これが全部出来たら、俺は一ヵ月後には川岸をぎゃふんと言わせられるそうなんだ」

「なんだ、たったその四つを守りゃあいいんじゃねェか」

光生の言葉に、いかにも芯から疲れたといった表情で宇津木はベンチに坐り、

「その四つが同時に出来ないんだよ」

と言った。そして、臍を中心に真横に三本の線が描いてあると想像して、その線を水平に回転させてみるよう促した。

「臍が上下左右にぶれちゃあ駄目なんだぞ。そのためには右の膝を動かしちゃあいけない。右膝が動いたら何もかもおしまい」

光生は言われたとおりに、最初はゆっくりと腰を水平に回転させた。

「まずそれを三百回。あっ、臍が左にぶれた。それをスウェーっていうんだ。それだとボールの頭を叩いちゃうんだ」

十回ほど繰り返したあたりで、光生の腰に力が入らなくなってきた。

「これはきついなァ。腰と膝がえへらえへらと笑いだしたよ」

「まだたったの十回だろう。あと二百九十回」

そう言って、宇津木はベンチにあお向けに寝転んだ。

三十回繰り返すと汗ばんできて、光生は背広の上着を脱ぎ、ネクタイも外した。

実際に重いクラブも持たないどころか、シャドースウィングもせず、ただ腰を回転させるだけなのに、光生は自分の臍が左に動き右にぶれ、上を向いたり下を向いたりしていることがわかった。

「感じをつかむまで、もっとゆっくり動かしていいんだ」

そう宇津木は言ったあと、

「よし、決めた」

と叫んでベンチから身を起こした。

「俺は酒を三分の一に減らして、きょうから一年間、瀬川さんに教えられたことをひたすら練習するぞ」

「きょうから？」

「いまから新しいアイアンセットを買いに行く。俺が使ってるのは、女房の親父からの払い下げで、ほとんど骨董品に近い道具なんだ。最新式のいちばん先端を行ってる道具を買いに行く」

「いま？　京都で買うのか？　東京に帰ってから買ったらいいじゃねェか」

「思い立ったが吉日だ。酒を完全にやめるのはちと寂しいからな、三分の一に減らす。もう一杯飲みたいなァって思ったら、いやいや高いゴルフ道具を買ったんだからって自分に言い聞かせる。酒は諸悪の根元だよ。つまらない女に手を出したのも酒のせいだ」

宇津木もネクタイを取り、それを革鞄のなかにしまった。

とにかく、クラブの芯でボールを捉えたときの快感は口では表現出来ない代物だった。これまでもたまにそのようなショットを打てるときもあったが、所詮まぐれに過ぎない。しかし、さっき瀬川さんの道場で、たてつづけにナイスショットが出始めたとき、なんだか自分が生まれ変わったような、歓びと表現するしかない思いに包まれた。

俺が酒を控えて、ゴルフの練習に精を出すようになったのを見たら、女房は心から安心するだろう。これで宿命がひとつ切れたと歓んでくれることだろう。自分が札幌まで行って恥かしい思いに耐えたことは間違いではなかった、と。

宇津木はそう言い、光生を促すと川べりから細い堤へと上がり、タクシーを停めて、運転手にゴルフショップに行ってくれと頼んだ。

「ゴルフショップ……。ゴルフショップやったらどこでもよろしおまんのか？」

と中年の運転手は振り返って訊いた。

「アイアンセットを買いたいから、品数が揃ってる店がいいんですけど」

その宇津木の言葉に、

「ほな、試打出来る店がよろしいなァ」

と運転手はしばらく考え込み、カーナビをセットして、その画面を指差し、

「ここはちゃんとした試打ルームがあって、クラブの重さとかバランスとか、どんなシャフトがその人に合うかとかを丁寧に調べてくれます」

と言った。光生は、この運転手もゴルフをするのだなと思った。

「じゃあ、そこに行って下さい。場所はどこですか?」

「下京区の東側です。近くに練習場もおまっせ」

タクシーの運転手が案内してくれたゴルフショップは、外から見ると小さかったが、なかに入ると、奥にショップよりも広い試打室があった。

プロゴルファーを目指しているといった風情の、日に灼けた体格のいい若い店員が一時間近くかけて宇津木に最も適したアイアンセットを選んでくれた。

その間、光生は店内のソファに坐り、何人かの社員が送信してきた携帯メールを読み、それぞれに指示を与える返信メールを打ったあと、ゴルフショップの隣にある喫茶店で冷たいコーヒーを飲んだ。セリザワ・ファイナンスはアンタッチャブルです、という言葉を

思い浮かべ、光生は三千枚の金貨捜しには、その瀬川の言葉の底に隠された厄介な壁を相手にしなければならないのではないかと不安を感じた。

十人が坐れる「月屋」のカウンター席は、光生たち三人によって満席になった。

突き出しは薄く切った大根で挟んだからすみと、これも薄切りしたフォアグラのおかか和えだった。

「フォアグラに粉鰹節って合うんだなァ」

ひと口でたいらげて、川岸知之は日に灼けて赤くなっている鼻の頭と両頬をおしぼりで冷やしながら、宇津木と自分のあいだに置いてあるビニール袋を見つめた。そこには、新しいアイアンセットの四番からサンドウェッジまでの九本が入っている。

「俺よりうまくなってやろうなんて、そんなだいそれたことは考えないほうがいいぞ」

川岸の言葉に宇津木は微笑を返しただけで何も言い返さなかった。

「凄いんだよ。川岸、お前、自分の目で見てないから宇津木の突然の上達を信じられないだけさ。俺は瀬川さんの道場でも、そのあとゴルフショップで最新式のギアを買ってから行った練習場でも、かるーくドローがかかりながら気持良く飛んで行くボールを何十球も見たんだぜ」

光生は言って、まずビールで乾杯した。

「新しいスウィングを教えてもらったときってのはなァ、なんだか不思議にうまくいくんだ。でもそれはその日だけ。宇津木、あしたまた練習場でボールを打ってみろ。あれっ？おかしいなァ、こんなはずじゃあ、ってことになるんだ。ゴルフを甘く考えちゃあいかんぞ」

新しく買ったクラブでボールを打ち始めたとき、確かに、あれっ？と思ったが、すぐにそれは腕に力が入っているからだと気づいた。そうだ腰の回転だけでクラブを振るのだ。腕を使おうと思ってはいけないのだ。そのためにはグリップを握っている指の力を抜くのだ。

それを自分に言い聞かせて、瀬川さんの道場でやったのと同じようにスウィングしたら、またちゃんと当たり始めた。

宇津木はそう説明して、

「腰の回転だけで、五番アイアンで百ヤード真っすぐ飛んだら上等だ、くらいの気持で振ったら百八十ヤード近くもキャリーで飛んだよ。俺、これまでどんなにまぐれのナイスショットでも五番アイアンで百五十ヤードが精一杯だったんだぜ」

と言った。

「グリーンまで百七十ヤード。目の前に池がある。左に曲げたらOBだ。ボールが池を越えてもグリーン手前には深いバンカーが、おいでおいでって手招きしてる。そんな状況で、百ヤード飛んだらいいやって心境にはならないんだよ。脳味噌が『打て！』って指令を出して、宇津木の腕や肩に渾身の力をこめさせて、腰の回転を止めるんだ。ゴルフの最大の敵はなァ、てめえの脳味噌と本能なんだ。それゆえにゴルフは厄介なんだよ」

「だから、これから暇をみつけて、じっくりと練習しようって決めて、新しい道具を買ったんだよ。練習は裏切らないって言葉があるだろう？」

光生は笑って宇津木と川岸のやりとりを聞きながら、一年後にはきっと川岸は宇津木に勝てなくなっているだろうという気がした。そして自分も宇津木と同じ練習を一年間つづけてみたくなった。

月屋の主人自慢の練り物を三種、鶏のつくね、牛すじ、大根、百合根、そして以前食べそこねた巾着……。それらを食べながら、芋焼酎のお湯割りを三杯飲み、光生は川岸のきょうのゴルフへの愚痴を聞きつづけた。川岸がたとえいかなることがあろうとも同伴プレーヤーへの愚痴と罵倒の言葉を口にするのは初めてだったのだ。

「お祝いのコンペじゃなかったら、俺は途中でやめて帰ってるよ。まあ、仕事上の接待でも我慢しただろうけど……」

プレー中に下品な猥談をする。グリーン上をゴルフシューズをひきずって歩く。キャディーにぞんざいな口のきき方をする。下りの一メートルの難しいパットを自分でコンシードしてさっさと勝手にボールを拾い上げる。誰も見ていないと思ったら、打ちやすいところにボールを動かす……。

「あげく、グリーンの上に唾をはくんだぜ。いったいこいつら、どんな仕事の関係でこのお祝いコンペに招かれたんだろうと思って、あとで他の人に訊いたら、なるほどなァっていう職種だったよ。お陰で俺のゴルフもぼろぼろだ。十八ホール廻ってる最中に、何回キャディーに謝まったか。下品なやつらで申し訳ないねェ、ごめんねって。終わってから、そっと五千円チップを渡したよ」

「その三人、ゴルフの腕はどうなんだ？」

と光生は訊いた。

「なんとか百を切る程度だな。景気のいい業界だからゴルフ場での場数は踏んでるんだろう。バブルの崩壊で、あのての連中はあらかたゴルフ場から消えた時期があったけど、新種の成金が登場してきたわけだ」

宇津木が、そろそろ本題に入ろうと促して財布を出した。月屋の主人は、ご面倒であろうが、代金は銀行に振り込んでいただきたいと言った。宇津木は自分の名刺を主人に渡し、階下のバーへと先に階段をおりて行った。

履物を脱いで畳敷きのバーに入ると、ビル・エヴァンスの初期のころの曲が終わった。

「俺はモヒート」

光生が事前に電話で予約しておいたテーブル席の椅子に腰掛けてカクテルを註文すると、宇津木も川岸も同じものを頼んだ。店内に低く流れるブルーノートはリクエストできるらしかったので、光生はジョージ・アダムスの「SONG FROM THE OLD COUNTRY」をかけてくれるよう頼んだ。

「あれって、日本語で題がついてただろう?」

と宇津木は言いながら、鞄からノート型パソコンと地図と何冊かのノートを出した。それらは光生が室井沙都から手渡されたものだったが、宇津木が纏めたノートも一冊混じっていた。

「遠い祖国からの歌だろう。ブルーノートの名曲だよね」

と宇津木は言った。

モヒートが運ばれてくると同時に曲が流れ始めた。

「これは、沙都さんのお姉さんが内緒で調査会社に依頼して芹沢由郎について調べたものだよ。その依頼に対する報告書だ。随分昔のことを調べたんだな。読んだらわかるけど、室井絹華さんは、たぶん独身のまま芹沢由郎の子供を産もうかどうか迷ったんじゃないかって思うよ。調べたい内容が、芹沢由郎の出自とか収入や財産じゃなくて、今日までどういう人生を送ってきたのかっていうことに主眼をおいてるからだ。そのことは調査会社の報告書の最初に書いてあるよ。俺は調査会社ってところにもピンからキリまであることは知ってるけど、室井絹華さんの依頼を受けたところは、じつに誠実な調査をすると同時に、おもしろ半分に下世話なことをさぐろうとはしない、信頼できる調査会社だったんだって思うなァ。調査能力も抜きん出てる。たぶん調査員には警察とか公安OBがかなりいたんじゃないかな」

光生と川岸は顔を寄せ合って、一緒に報告書を読もうとしたが、宇津木はそれをコピーして三冊分をすでに用意していた。

報告書

ご依頼の件につき当社が調査いたしました結果をご報告申し上げます。なおご依頼の主旨は極めて個人にとって秘匿されるべきものでありましたし、当社の内規に抵触しかねない法律上での逸脱行為も伴いかねませんでしたので、調査進行には慎重のうえにも慎重を期したうえに、法律の専門家のご判断を仰がねばならない場合もございましたので、ご契約の際に取り決めました期日内でのご報告が困難となりましたことはご了承賜りますようお願い申し上げます。

調査対象者、芹沢由郎（以下甲とする）は昭和十年五月十日、京都市中京区○○町○丁目○番に、父・芹沢重光と母・林桃子の長男として誕生しました。

当時、芹沢重光と林桃子とのあいだに婚姻関係はなく、私生児として出生しましたが、三年後の昭和十三年一月十五日に正式に結婚。甲を実子として認知し入籍。甲は林由郎から芹沢由郎と戸籍名を変更しました。

甲誕生時、実父である芹沢重光は五十歳。明治十七年八月二日東京に生まれ、主に不動産業を中心として、土木建築工事の作業員を全国から集め、それらを各工事現場で労働に従事させることで生じる賃金の管理業も営んでいました。いわば賃金のピンハネといっていいかと思います。

甲の実母・林桃子は甲出産時は二十一歳。大正二年十月十七日に和歌山県日高郡御坊町○○に父・英治、母・キネの長女として出生。当時の尋常小学校修了後、京都祇園の芸妓舞妓紹介業（通称置屋）の「沖嶋」に舞妓となるために所属。当家の二階に居住して舞妓を経て二十歳で芸妓（芸妓名は「はる菜」）となり、芹沢重光の庇護のもとに置かれ、甲の妊娠判明まで芸妓業をつづけました。当時の祇園に所属する芸妓のなかにあって、容姿、芸事の技量、人柄に優れ、祇園屈指の名妓となるであろうと評価が高かったそうです（当時の写真を一葉入手いたしましたので添付いたします）。

甲を出産後、林桃子は和歌山県御坊の実家で一年近く育児に専念したあと、京都市上京区〇〇通四丁目二番に甲とともに移転。祇園に居酒屋「桃」を開店。その開店に要するすべての費用は芹沢重光が負担しました。

甲五歳のとき、芹沢重光と桃子は離婚。離婚原因は重光の一方的な懇請によるもので、重光は徳田朱美という女性との結婚を望み、重光、桃子のあいだに長く離婚に関しての話し合いがもたれました。

正式に離婚合意ののち、昭和十五年七月二十一日、桃子は乳癌によって死去。甲は和歌山県御坊の祖父と祖母に引き取られますが、昭和十七年、祖母の死去の一ヵ月後、桃子の妹・梅子の養子として同県有田《ありだ》郡湯浅町〇〇甲二の十二に移転。

この報告書は、バーで酒を飲みながら読むものではなさそうだ。光生はそんな気がして、宇津木がコピーした報告書を閉じた。

光生がページを閉じたところを見ながら、

「そこからなんだよ、この報告書の眼目は」

と言い、宇津木は別の封筒に入っているセピア色の写真を出した。芹沢由郎の母が芸妓時代に写した写真だった。

芸妓姿の独特の厚化粧で写真館の椅子に坐って団扇を持っている。団扇には小さく「沖嶋」、中央に大きな斜めの文字で「はる菜」と書かれてある。

大きな意志的な目、形のいい鼻、白粉《おしろい》と口紅で小さくしてあるが実は肉厚な唇。こころもち受け口であることを示す細い顎……。いまの日本人の娘たちと比しても、俗にいう「バタ臭い顔」であろう日本髪の美女は、十八歳の室井由菜の容貌につながっていた。沙都の姪は「おばあちゃん似」なのだなと光生は思いながら、長く一枚の写真に見入った。

「なんと、芹沢由郎は十八歳になるまでに育ての親が五回も変わってるのか」

と川岸は言って、報告書を木のテーブルに置いた。

「読むの、早いなァ」

光生の言葉に、ざっと目を通しただけだと言い、川岸はモヒートを飲んだ。

「そのつど、京都から和歌山へ、和歌山から東京へ、東京からまた京都へ、京都から三重へ、そして三重からまた和歌山へと転々としてる。でも和歌山ではだいたいいまの湯浅町周辺だ。絞られたな。絞られたといっても、和歌山県を横に三等分すると、いちばん上の部分のどこかだって程度の絞られ方だけどね」

カウンター席の客たちが出て行き、自分たちだけになると、川岸はそう言ってから、スコッチウィスキーのモルトを註文し、ウェイターにアート・ブレイキーの「危険な関係のブルース」をかけてくれと頼んだ。

「懐かしい演歌だなァ」

光生が笑って言うと、

「演歌だからいいんだ。モーツァルトも演歌かもしれないぞ」

そう笑顔で言い返して、川岸は腕を廻し、背筋のどこかを指で押さえた。ゴルフ場の深いラフからボールを打ったとき痛めたようだという。

「俺も腰と尻と太股の筋肉がだるくて……。二、三日は筋肉痛だな」

宇津木は欠伸をしながら顔をしかめて言った。光生もにわかに疲れを感じ、川岸がウィスキーを飲み終えるのを待ってバーの椅子から立ちあがった。

ホテルの風呂に入って眠りたかった。


梅子と夫・工藤哲之助のあいだにはすでにふたりの女の子がいましたが、甲（由郎）を養子として迎えた理由は、定職を持たず遊興生活に浸っていた哲之助の甘言によるものであったと推量する以外にありません。当時を知る者たちのほとんどが物故し、わずかな証言に頼るしかないにしても、その証言のすべてが工藤哲之助の甲に対する仕打ちの非人間性ばかりです。

養子として引き取られた甲は、ほどなくして実の叔母の夫から暴力を受けつづける生活が始まりました。工藤哲之助は、甲の母・桃子が離婚に際して芹沢重光から相当の慰謝料を受け取ったものと思い込み、その金を目当てに甲を引き取ったと考えるしかありません。しかしその哲之助の目論見は外れました。

確かに芹沢重光は桃子との離婚に際して若干の慰謝料を支払いましたが、当時の彼の経済力、及び、理不尽な離婚の一方的な要求から考えれば、それは余りにも少額なものだったようです。そしてその少額な慰謝料のすべては、甲の祖父の借金返済と、甲の母の病気治療に費やされ、まったく残ってはいませんでした。

五歳から八歳までの甲を知る人物のひとりである木淵豊次氏は、現在、大阪市住吉区○○町六丁目五番地三十六号に住んでいます。

木淵氏は甲と同年齢で、工藤哲之助・梅子が昭和十七年当時住んでいた借家の隣家で暮らしていました。そのために、工藤家で日常的に行なわれている哲之助の甲への暴力を記憶していました。

木淵氏の両親は、工藤哲之助が本気で七歳の養子を殺そうとしていると思い、近くの交番所に通報したことが三度あったということです。この時期の暴力によって、甲は八歳のときに左耳の聴力を失ないました。両脚をロープで縛られ、さかさまに吊るされて井戸に沈められるという残虐な仕打ちも、木淵氏は目撃しています。

昭和十八年十月に工藤哲之助が徴兵され、大阪府堺市の練兵場での訓練ののち旧満州に従軍したことによって、甲の不幸な少年時代はひとまず終わるのですが、それは新たな不幸の始まりであったようです。

生活に困窮した工藤梅子は甲を伴って上京し、甲の実父である芹沢重光と面談。どのような話し合いがもたれたのかわかりませんが、甲を東京都墨田区○○町三丁目の重松シン子に預け和歌山に帰ります。工藤梅子は昭和三十年に死去。ふたりの娘のうち、長女は昭和二十一年に七歳で死去し、次女の菊子は現在広島市内で暮らしています。工藤哲之助は昭和二十一年に復員し、しばらく家族と暮らしていたようですが、同年五月に行方をくらまして以後、消息不明のまま今日に至っています。

工藤菊子は、甲が養子として工藤家で暮らし始めたときはまだ二歳で、甲のことはまったく記憶にありません。

重松シン子は昭和十八年に甲を預かったとき三十七、八歳であったと思われます。どこで生まれ、どのように育ち、芹沢重光とはいかなる関係であったのか、弊社の調査ではまったく不明です。シン子と交友のあった人々も、親が健在であるのかどうか、兄弟がいるのかいないのか、生年月日はいつか、といったことすら知りませんでした。シン子が自らについて決して語らなかったからです。

現在、東京都立川市〇〇町二丁目三番地十八号に在住の大橋美和さんは、昭和十七年に現在の長野県小諸市から知人の紹介で上京し、重松シン子の営むおでん屋「しげ」で住み込みで働き始めました。昭和十九年、太平洋戦争での日本の戦局悪化によって信州の実家に帰るまでの二年間のことをつぶさに記憶していました。そしてその記憶の大半は、甲にまつわるものでした。以下は、大橋美和さんの話を要約してまとめたものです。

信州の貧しい農家の次女だった私は、十六歳のとき、とにかく親を助けたくて、体を売る以外ならどんな仕事でもいいと思い、父の知人の紹介で上京しました。

重松シン子さんの「しげ」というおでん屋の本当の商売が何なのか知る由もありませんでした。私には、お店から歩いて五分ほどのところにある二階屋の一部屋が与えられ、三度の食事付きでお給金も貰えるという仕事は、まるで天から降って来たようなありがたいものだったのです。

私の仕事は、シン子さんの住まいである二階屋の掃除と洗濯、「しげ」の掃除とおでんの下ごしらえの手伝いでした。

ですが、もうひとつ、大事な仕事がありました。「しげ」から都電の通りを越えたところの仕立屋さんに、シン子さんからの書き付けを届ける仕事です。

その仕立屋さんには、小さな看板だけがあって、仕立用の道具は形だけ置いてあるといった感じで、私よりも少し年長の女たちが住んでいました。みんな女優さんかと思うほどにきれいでした。時局が時局だけに、みんなは化粧をしていませんでしたから、これでちゃんとお化粧をしたらどんなにきれいだろうと思いました。

私は午前中は、住まいのほうの掃除と洗濯をして、午後は「しげ」に行きます。だいたい三時ぐらいから電話がかかってきます。電話は、シン子さん以外は出てはいけないことになっていました。

シン子さんは電話で誰かと話をしながら、筆で何やら紙に走り書きをします。そしてその紙を、自分で作った封筒に入れて私に渡すのです。私はそれをモンペに隠して仕立屋に持って行きます。

戦時だといっても当時はまだ売春は公然と行なわれていました。赤線と呼ばれた一角は日本中にあったのです。

私はいなかの百姓の娘で、信州の小諸の外へは一度も出たこともない世間知らずでしたが、シン子さんの本当の商売が何かは、だいたいの察しがつきました。ですが、それをどうして内緒でやらなくてはならないのかはわかりませんでした。

仕立屋の女たちは、いまで言う高級娼婦というやつで、客は身分を知られたくない人ばかりだったのでしょう。シン子さんが書いた紙には、指名された女の名、客が待っている場所と時間が書かれています。

あのころは「待ち合い」と呼ばれた時間貸しの座敷の名が書かれている場合が多かったのですが、ときには客の自宅の住所が書いてあることもありました。いまから思えば、客の多くは軍人だったと思います。それも軍需物資の発注に関わって、その分野での権力を持つ軍関係者だったのでしょう。

これもあとになって気づいたことですが、シン子さんにそのような商売をさせている陰の人がいたのです。それがどのような人なのか、私にはわかりませんし、知りたいとも思いません。

工藤由郎さんがシン子さんの住まいのほうにやって来たのは、昭和十八年の夏の盛り時分でした。八歳ということでしたが、私には六歳よりも上には見えませんでした。痩せて手足が細く、子供らしい活発さがなく、誰かに話しかけられると必ず顔の右側を向けるのです。左耳がまったく聞こえなかったのです。

由郎ちゃんは、水を飲みたいとき、必ず水を飲んでもいいかと訊きます。便所に行くときは必ず、便所に行っていいかと訊きます。御飯を食べるときも、外から家のなかに入るときも、許可を得てからでないと一歩も動こうとはしないのです。そしていつも、聞こえるほうの右耳をそばだてて、シン子さんや私の様子を怯え顔で窺っています。

そんな由郎ちゃんにいらいらしたのか、シン子さんはすぐにそれまで寝起きしていた二階屋から「しげ」の二階へと引っ越してしまいました。

由郎ちゃんの子供らしくない暗さに閉口したということもあるでしょうが、シン子さんは子供が嫌いでした。近所の子供が大声をあげて遊んでいると、腹を立ててバケツの水をぶっかけたりしたこともあります。

そんな子供嫌いのシン子さんが、なぜ由郎ちゃんを預かったのか、私には不思議でした。だから私は、由郎ちゃんを預かるよう命じた人は、シン子さんの商売を陰で操っている人なのに違いないと思いました。

ちょうどそのころから、仕立屋の女たちがひとり去り、ふたり去りしていきました。戦局は悪化していき、軍需物資を担当する軍の将校の威光は日に日に衰えていたのです。

その人たちを利用して大儲けが出来ないとなると、仕立屋の女たちは不要になってきます。同時にシン子さんの実入りも減っていくことになります。

でも当時は、私にそこまで推量できる知恵はありませんでした。

子だくさんの百姓の娘の私には、ふたりの弟とふたりの妹がいました。いちばん下の弟は由郎ちゃんとおない歳でした。

私の実家は年中食べるものに事欠いていましたし、弟たちも妹たちもいつもお腹を空かせていましたが、それでも由郎ちゃんよりも骨組はしっかりして、肉付きもよかったのです。

気難しいシン子さんの顔色を窺い、早朝から夜遅くまで働きつづける日々で、他人の子供を心配する余裕なんかなかったのに、私はなんだか由郎ちゃんのことが気にかかって仕方がありませんでした。

この子はいつも何を怖がっているのだろう。どうしてこんなに暗い目で人を見るのだろう。そして、この子がときおり笑うときの笑顔の可愛らしさは、いったい何だろう……。

側にいると妙に暑苦しいというか、うっとうしいというか、つまり神経に障る子がいるものです。表情の少ない、いつも周りの人間の顔色を窺い、そしてそうしていることを周りに気づかれないよう細心の注意をはらっているような由郎ちゃんは、うっとうしい子であるはずなのに、私はそういうものを感じるどころか、なんとかこの子に明るさを取り戻させたいと思いました。

私は幼いときから親の手伝いに忙しくて、学校に行ったこともなく、無教養な人間ですので、気の利いた冗談も言えませんし、人を楽しませる何の芸もありませんでしたが、自分のいなかに伝わる童歌《わらべうた》や、村のじいちゃんばあちゃんから聞いた子供向けの民話を由郎ちゃんに教えました。

私は由郎ちゃんの頭の良さにびっくりしました。そしてまた、なんといったらいいのでしょう……、そう感受性です、つまりその感受性というものが、私の知っている子供たちとは較べものにならないくらい優れているのです。

たいして悲しくない話なのに、由郎ちゃんは私が話して聞かせる民話に涙しますし、童歌を聞いてもすぐに涙ぐみます。

この子はとても頭のいい子なのだと私は思いました。由郎ちゃんもまだ一度も学校というところに行ったことがなかったそうなので、私は「しげ」から五軒ほど隣の表具屋さんの三男坊に、由郎ちゃんに読み書き算盤を教えてやってはもらえないものかと頼みました。その人は江藤典之さんといって、子供のときの怪我が元で右脚の膝がまったく曲がらず、そのために徴兵検査に不合格で、家業の表具屋の二階に住みながら、近くの国民学校の教師をしていたのです。昭和十八年時には確か二十四、五歳だったと思います。

シン子さんは、由郎ちゃんのことには無関心というよりも、できるだけ顔を合わさないようにして、私にすべてまかせてしまっていたので、そんなことをしてシン子さんに叱られるかもという心配は不要だったのです。

江藤典之さんは、夜の一時間だけならと引き受けてくれましたが、十日ほどたったころ、私と由郎ちゃんが寝起きする二階屋を訪ねて来て、あんなに頭のいい子とは初めて出逢ったと言うのです。

これまでたくさんの子供たちを教えてきたし、頭のいい子もたくさんいた。しかし、由郎ちゃんは図抜けている。一度教えられたことはすべて脳味噌に吸収されて消えていかないといった感じで、他の子が理解に要する時間の三分の一で、言葉の使い方も、足し算や引き算のための方法もすべて覚えてしまうだけでなく、それを応用してみせることもできる。江藤さんはちょっと興奮した口調でそう言いました。この子をちゃんとした学校で勉強させなければならない、と。

ですが、私はそれをシン子さんに話すことをためらいました。女中風情が、頼まれもしないのに余計なことをしたと叱られるに決まっていたからです。

江藤典之さんも個人的に強く興味を持ったらしく、由郎ちゃんを自分の先輩に逢わせました。その人は数学が専門だったのですが、由郎ちゃんにとても興味を持ちました。

それから、週に三日は江藤さんが国語と歴史を、島田宗見という名の数学の先生が、算数を教えてくれるようになりました。

驚いたのは、勉強を始めてからたったの半年で、由郎ちゃんは新聞の記事のほとんどを読めるようになり、三桁の掛け算と割り算も難なく解けるようになったのです。

昭和十九年の春になると、仕立屋の女はすべてどこかに去って行き、シン子さんは「しげ」というおでん屋も閉めました。東京の庶民の食糧事情は急速に悪化していたのに、戦局を伝える新聞記事によれば、南方での日本軍は破竹の勢いで連戦連勝で、勝利は目前のように伝えていました。あれはみんな嘘だったのです。

シン子さんは「しげ」を引き払い、二階屋へと移って来ました。きっと軍の偉い人からそっと耳打ちされたのでしょう。このまま東京にいると何が起こるかわからないと私に言い、信州に帰るようにと命じました。近所に住む三十代から四十代前半の男たちにも赤紙が届き召集されていきました。「一億火の玉」という言葉が周りの人の口からも出るようになり、若い娘たちはみな軍需工場での勤労奉仕に駆り出されました。

「あんたを私に預かるようにって言った人は、さっさと逃げちゃった。この戦争で儲けるだけ儲けて、自分と家族だけ安全なところへ雲隠れ。ああいうのを正真正銘の非国民ていうのよ」

シン子さんは由郎ちゃんにそう言いました。そしてしばらく由郎ちゃんを見てから、

「あんたもあの人の家族なのにねェ。別れた女房とのあいだにできた子は家族じゃないのかしらねェ」

と言い足したのです。

由郎ちゃんは何の反応もしませんでしたが、あの頭のいい子が聞き流してしまったとは思えません。

私は、ああそうなのか、シン子さんに内緒の商売をさせながら、戦争を利用して大儲けしてた陰の人は由郎ちゃんの実の父親だったのかと知ったのです。

私が信州の小諸に帰ったのは、それから二十日ほどたってからです。私は帰りたくなくて東京で新しい奉公先を捜そうかと思いましたが、世の中にはもうそんな余裕はなくなっていました。いま思えば、新しい奉公先がみつからなくて本当によかったと思います。東京にいたら、私もあの大空襲で黒焦げの死体になっていたことでしょう。

戦後何年かたってから、私は由郎ちゃんが私よりも十日ほどあとに、どこかに引き取られて行ったと聞きました。

そこが三重県の津市だったことを知ったのは十四歳になった由郎ちゃんからの手紙が届いたからです。私は由郎ちゃんと別れるとき、小諸の住所を教えておいたのです。

私は下手な字と文章とで返事を出しましたが、それきり由郎ちゃんからは手紙は来ませんでした。

たいして荷物はなかったのですが、私が小諸に帰るとき、由郎ちゃんは一緒に都電に乗って上野駅まで送ってくれました。シン子さんは電車賃を由郎ちゃんに渡しながら、

「もうここへ帰って来なくてもいいんだよ。乗りたい汽車に乗って、どこかへ行っちゃってもいいんだよ」

と言って、私にくれた汽車賃の三倍くらいのお金を渡しました。冗談めかした言い方でしたが、本心だったのだと思います。

私は、困ったことがあったら小諸においでって言えない自分がつらくてたまりませんでした。私の実家では、他人の子を預かってあげることなんか経済的に不可能だったのです。

でも、うしろ髪をひかれるというのでしょうか、私は汽車が動きだしたとき、絶対にシン子さんのところへ帰るようにと何度も何度も由郎ちゃんに言いました。私は由郎ちゃんが、シン子さんから貰ったお金で、行き当たりばったりに汽車に乗り、ひとりで遠くへ行ってしまうような気がしたのです。

シン子さんは昭和三十年に流行りの風邪で呆気なく死んだそうです。墨田区の「しげ」の常連さんだった人と小諸の駅でばったり逢って、そう聞かされました。

由郎ちゃんから三十万円の新札が入った現金書留が届いたのは昭和天皇がお亡くなりになったころです。東京時代、実の姉のように親切にして下さったことは生涯忘れない、とだけ書かれてありました。私はすぐにお礼状を送りましたが、宛先人不明で戻って来ました。きっと嘘の住所だったのだと思います。

私が由郎ちゃんと上野駅で別れたのは昭和十九年の春で、昭和天皇の崩御《ほうぎょ》は昭和六十四年。その間、四十五年という歳月がたっていますから、由郎ちゃんは五十四歳になっていることになります。

私が不思議に思うのは、四十五年もたっているのに、由郎ちゃんが三十万円という大金を現金書留で送ってくれたことです。それも、でたらめの差し出し人の住所で。

四十五年もたっているんですよ。私が教えた小諸の実家がいろんな事情で失くなってしまっている可能性もありますし、現金書留がもし無事に小諸の私の実家に届いたとしても、そこに私が住んでいるかどうかわかりません。

もし小諸の実家が失くなっていたら、私がそこに住んでいなかったら、三十万円が私にちゃんと届くかどうかわからないのです。それなのに、由郎ちゃんは「工藤由郎」という本名と偽の住所を書いて現金書留を送って来ました。私が教えた小諸の住所に私がいなければ、お金は宙に浮いてしまうのです。受け取り人不明の現金書留を郵便局は送り主に返すことができません。

由郎ちゃんがそんなことをまったく考えに入れずに郵送したとは思えません。私は、きっと由郎ちゃんがなんらかの方法で私の小諸の実家が存在しつづけていること、そこに私が暮らしていることを確かめたのだと思います。

私は戦争が終わって三年目に安曇野《あづみの》の農家の長男と結婚しました。小諸の実家は一番上の弟が跡を継ぎ、他の弟たちは、ひとりは松本市の大工さんのところで住み込みで修業して大工になりましたし、ひとりはしばらく農家を手伝っていましたが、昭和二十八年に農機具メーカーの工場で雇ってもらい、寮生活を始めました。一番下の弟は知人の紹介で東京の水道工事の会社で働くようになりました。

ところが、昭和三十年に一番上の弟が病気で亡くなり、その半年後に父も死んだのです。跡を継ぐ継がないといった大きな農家ではありませんでしたが、父が家業を何かの思いつきで米作りから蕎麦作りに変えたのがうまくいき、米を作るよりも蕎麦のほうが収入が増えていました。せっかくうまくいきかけている蕎麦の栽培をあきらめてしまうのが惜しかったのと、私の夫がトマトやキャベツを作る農業に興味を抱いていたこともあって、私たち夫婦が小諸の実家に引っ越してきたのです。

弟たちはみな百姓仕事を嫌っていて、曲がりなりにもそれぞれの道を歩きだしていましたので、まあつまり、うまく納まるところに納まったという感じでした。

そんなわけで、昭和六十四年には、私は四十五年前に由郎ちゃんに教えた住所にいたことになります。

私たち夫婦には子供が四人いますが、十年前、東京に住んでいる下の娘に三人目の子供が生まれました。娘はもう四十三歳で、まさかその歳になって子供を授かるなんて思ってもいませんでした。上のふたりの子は中学生と小学生。その子たちを東京に置いて自分と赤ん坊だけ小諸に帰り、産後の養生と子育てをするなんてことはできないので、私はしばらく娘の家で暮らし、孫の面倒を見ることになりました。

月に二、三回、小諸に戻ったりしましたが、約八ヵ月近く、東京暮らしをしたのです。

そのとき、テレビで八十歳近い老人のことを紹介するドキュメンタリー番組を観たのです。血色のいい、矍鑠《かくしやく》としたその老人の名前に覚えがありました。島田宗見さんです。八歳の由郎ちゃんの頭脳の優秀さに舌を巻き、算数の個人指導をしてくれた数学の先生です。

テレビの番組では、島田宗見さんが七十歳を過ぎてから、いろんな事情で学校に行けなくなった、あるいは行かなくなった子供たちのための、いわば「寺子屋」を開設し、大きな成果をあげている実態を取材していました。

島田先生はその番組のなかで名前は明らかにはしませんでしたが、寺子屋の開設を強く勧め、そのための金銭的な援助をしてくれている人がいると言いました。

その瞬間、私はそれはきっと由郎ちゃんに違いないと思ったのです。これといった根拠は何ひとつありませんでしたが、私はそう確信してしまったのです。

その寺子屋は、神田神保町の貸しビルの三階にあるということでしたので、私は意を決してそこを訪ねて行きました。

寺子屋という言葉から、私はビルのなかのこぢんまりとした一部屋を想像していたのですが、「シマダ教育振興会」は十二階建ての新しい立派なビルの三階に三つの教室とひとつの職員用の部屋を持っていて、十三、四歳から二十四、五歳くらいの若い人たちが賑やかに出入りしていました。

島田さんは、私の名前はすっかり忘れていましたが、「しげ」というおでん屋と工藤由郎という名を聞くなり、

「ああ、あのときの女中さん」

とすぐに思い出してくれました。

私は訪ねてきた理由を説明し、由郎ちゃんとはいまも交流がおありなのか、とか、シン子さんが疎開したあと、由郎ちゃんはどうなったのか、とかを訊いてみたのです。勿論、

あの三十万円の現金書留のことも話しました。

島田宗見さんは、テレビに映っていたお顔よりももっと血色が良くて、背筋もぴんと伸び、八十近いとは誰も思わないだろう潑溂《はつらつ》とした喋り方でしたが、私が由郎さんのことを訊きたくて訪ねて来たと知ると、その表情や喋り方に、……なんというのでしょうか、曖昧で歯切れの悪さのようなものが生まれました。

あなたが小諸に帰ってしばらくしてから、由郎ちゃんは三重県の津市に行ったそうだと島田さんは言いました。

シン子さんが群馬のどこかに疎開したのはそのあとで、自分にもそのころ赤紙が届いた。自分は山口県の呉《くれ》の海軍技術に関連する施設に配属となり、主に通信部門を担当したが、そこは米軍の空襲で壊滅状態となり、命からがら広島に転属になった。原爆が投下される三ヵ月前だった。

瀬戸の小さな島で無線傍受の任務についていたお陰で助かったのだ。

戦後は、東京の高校の教師となったが、大学に行き直して学位を取り、三十五歳のときに工業大学の講師の職を得た。そのころ結婚し、三男一女に恵まれ、やがて助教授から教授となり、定年退職後も私立大学の工学部で教鞭をとった。

七十歳のとき、妻が死んだのを機に職を辞し、小学生と中学生のための学習塾を開いた。

それがきっかけとなって、今日の「シマダ教育振興会」の開設につながった……。

島田さんの話は、テレビで喋っていたことと変わらないものでした。

私は教育もない愚鈍な女ですが、島田さんが由郎ちゃんのことに触れたくなくて、あえて由郎ちゃんとはまったく関係のない話をしているのだと気づいたのです。

私は、あの由郎ちゃんが立派に成人し、しあわせな生活をおくっているならそれでいいのだと言いました。

あの由郎ちゃんの目。暗いとか、哀しそうだとか、寂しそうだとか、そんなありきたりの言葉では表現できない目。私はそれをいまでも忘れることができない。

どうかしたひょうしに、由郎ちゃんはあれからどんなふうにしておとなになっていったのだろうと考えることがしょっちゅうあった。

そんな由郎ちゃんが、突然三十万円というお金を送ってくれた。けれども差し出し人の住所はでたらめだった。なぜ嘘の住所を書かねばならなかったのか。ひょっとしたら由郎ちゃんは、人さまには言えない道を歩むことになり、いまもそのような道を歩いているのではないのか……。

だがいずれにしても、こんな私のことをちゃんと覚えていてくれて、子供のころに親切にしてくれたことへのささやかなお礼だという三十万円を送ってくれた。

手紙にはそれだけしか書かれていなかったが、私は「心」というものを強く感じた。どのような心だと問われても、上手に言葉にできない。私は、由郎ちゃんがいま人並の幸福を得て、息災に暮らしているかどうかを知りたいだけなのだ。ただそれだけなのだ……。

島田さんは、黙って私の言葉を訊いていましたが、

「あんなにいじめられて育った子を、ぼくは他に知らないよ」

と言いました。

そして、これはいつだったか風の噂で耳にしたことだがと前置きし、由郎ちゃんを三重県の津市につれて行ったのは、由郎ちゃんの母親が昔世話になった祇園の置屋の女将らしいと言いました。

そこはその女将の出生地で、どういう事情からか、由郎ちゃんは戦争末期と戦後の数年間、置屋の女将に育てられたらしい。そして何年かたってから母親の生まれ育った地に戻った。そのあとのことは知らないが、人よりも二年遅れて二十歳のときに京都大学に入学したそうだ。それは、京都の高校を卒業したが、何かの事情で大学入学は二年遅れたかららしい。自分が知っているのはそれだけだが、みな人から聞いた話だ。

島田さんはそう教えてくれたのです。私は、人から聞いた話だとしても、島田さんが言

ったことはみな本当だという気がしました。そして、とても大きな嬉しさに包まれました。

由郎ちゃんは入試の難しい大学に入学した。途中さまざまなことがあったにせよ、あの、人よりも秀でた頭脳がドブに捨てられてしまうことはなかったし、私に三十万円を送ってくれるだけの経済的余裕も持っているのだ、と。

島田宗見さんはそれから二年後に亡くなったそうです。ちょっとした風邪をひいただけなのに、それが肺炎に進んで、入院して二日後に息を引き取ったと聞きました。

あの三十万円は、いまも手をつけずに置いてあります。何かとても大切なことに使わせていただこうと思っています。

（下巻につづく）

二〇一〇年七月　光文社刊
引用・『詩集　乾河道』井上靖

光文社文庫

三《さん》千《ぜん》枚《まい》の金《きん》貨《か》 (上)

著　者　宮《みや》本《もと》　輝《てる》

2013年1月20日　初版1刷発行

発行者　駒井　稔
印　刷　萩原印刷
製　本　ナショナル製本

発行所　株式会社 光文社

〒112-8011　東京都文京区音羽1-16-6
電話 (03)5395-8149　編集部
8113　書籍販売部
8125　業務部

ISBN978-4-334-76515-6　Printed in Japan

組版　萩原印刷

お願い　光文社文庫をお読みになって、いかがでございましたか。「読後の感想」を編集部あてに、ぜひお送りください。
　このほか光文社文庫では、どんな本をお読みになりましたか。これから、どういう本をご希望ですか。どの本も、誤植がないようつとめていますが、もしお気づきの点がございましたら、お教えください。ご職業、ご年齢などもお書きそえいただければ幸いです。当社の規定により本来の目的以外に使用せず、大切に扱わせていただきます。

光文社文庫編集部